AF403401

CONVERSATION

ENTRE

LE GOBE-MOUCHE TANT PIS,

ET

LE GOBE-MOUCHE TANT MIEUX.

PRIX : 1 FR. 50 CENT.

A PARIS,

CHEZ { EYMERY, Libraire, rue Mazarine, n°. 30 ; DELAUNAY, LAURENT-BEAUPRÉ, } au Palais-Royal, Galerie de Bois.

JUILLET 1814.

DE L'IMPRIMERIE DE PORTHMANN,
Rue des Moulins, n°. 21.

AVIS

DE L'ÉDITEUR.

Cette Brochure est le résultat de plusieurs Conversations entre deux Politiques d'un Cabinet littéraire fameux. On les a recueillies et réduites en une seule, ce qui s'oppose à toute espèce d'ordre et de liaison ; mais la conversation tolère beaucoup de licences, et celle-ci est du nombre.

Le Lecteur voudra bien excuser la forme de cet opuscule ; en ma qualité de rédacteur, je désire que le fond des choses empéche de la juger avec sévérité.

Vu l'immense quantité de pamphlets qui paraissent journellement depuis trois mois, on blâmera peut-être la publication de celui-ci : comme personne n'est obligé de le lire, personne n'a le droit de s'en formaliser ; j'use de la liberté commune à tous les Français, et je pense que, bien loin d'oublier le nouveau Souverain de l'île d'Elbe, de l'abandonner à sa destinée, on ne saurait en trop dire sur lui, dût-on répéter ce que cent autres ont dit.

ATHANASE FÊTU.

CONVERSATION

ENTRE

LE GOBE-MOUCHE TANT PIS,

ET

LE GOBE-MOUCHE TANT MIEUX.

*T*ANT *M*IEUX. Eh bien, l'ami, comment cela va-t-il ? *T*ANT *P*IS. Mal. *T. M.* Ah! vous êtes malade. *T. P.* Il est bien question de santé! je parle des affaires, moi. *T. M.* Vous n'êtes pas content ? *T. P.* Il s'en faut. *T. M.* Diable! vous êtes difficile. *T. P.* C'est que vous ne l'êtes guères : aussi vous êtes toujours content. *T. M.* Je vous assure qu'il y a six mois je ne l'étais pas du tout. *T. P.* Oh! je le crois ; mais l'entrée des armées ennemies vous a ragaillardi. *T. M.* C'est vrai, parce que j'ai espéré ce qui est arrivé ; enfin, de quoi vous plaignez-vous ?

T. P. De tout. *T. M.* A merveille, mais quand on se plaint de tout, on ne se plaint de rien. *T. P.* C'est le raisonnement de ceux qui ne savent que répondre. *T. M.* Voulez-vous préciser vos griefs, je tâcherai de les réfuter : surtout ne vous emportez pas, et laissez-moi parler sans m'interrompre. *T. P.* Est-ce que je m'emporte jamais ? *T. M.* Très-souvent. *T. P.* (*vivement*) vous ne savez ce que vous dites. *T. M.* Bien obligé; vous ne vous emportez jamais. *T. P.* (*se radoucissant*) allons, pardon : cela ne m'arrivera plus. *T. M.* Commencez vos plaintes.

T. P. Je ne sais par où débuter. *T. M.* C'est bon signe : si vous étiez réellement choqué, indigné de quelque chose, vous n'hésiteriez pas. *T. P.* C'est qu'il y en a tant qui me révoltent, que l'embarras est bien naturel. *T. M.* Je vais vous mettre sur la voie : êtes-vous fâché de n'avoir plus Buonaparte pour maître ? *T. P.* (*faiblement*) Non. *T. M.* C'est heureux; êtes-vous fâché de voir les Bourbons remonter sur le trône de leurs ancêtres ? *T. P.* (*faiblement*) Non. *T. M.* Vous êtes comme les cinq sixièmes de ces bons Parisiens, qui se croyent de francs royalistes, et qui n'auraient pas signé le rappel des Bourbons, s'il avait fallu changer pendant quinze jours, l'heure de leur dîner ou de leur promenade, renoncer au spectacle ou à leur partie de wisht ; aussi, quelle froideur dans leurs démonstrations, si on les compare à celles des départemens, du midi surtout ! *T. P.* On a ses habitudes. *T. M.* C'est-à-dire, que vous étiez habitué à Buonaparte ; je vous en félicite, vous aviez là une douce habitude : je suis également convaincu que vous aimeriez mieux avoir gardé Napoléon, si son successeur doit vous demander dix francs d'impositions de plus. *T. P.* Ecoutez, on préfère celui qui grève le moins. *T. M.* Non, un Roi juste et bon peut-il être trop payé ? vous calculez froidement la différence de quelques écus. Quel homme ! quel Français ! vous n'avez point d'enfans, vous êtes assuré de ne pas marcher en personne, vous ne tenez à rien ; le malheur des autres vous est indifférent : les gens comme vous sont de tous les pays, c'est-à-dire, ne sont d'aucun ; mais revenons : dites ce qui vous déplaît. *T. P.* Ah ! m'y voilà : est-ce que vous approuvez toutes les invectives, les horreurs dont les journaux et les brochures sont remplis contre Buonaparte ? *T. M.* Oui ; seulement je désapprouve que ces invectives soient écrites par les mêmes qui, il y a quelques mois, le comblaient d'éloges emphatiques, le regardaient comme un être surnaturel, pour obtenir un ruban ou une gratification. *T. P.* Pourquoi le déchirer aujourd'hui qu'il n'est plus rien ? *T. M.* Parce que des atrocités pareilles sont du domaine de l'histoire, et qu'il est bon pour l'instruction des tyrans à venir, de leur faire connaître qu'aucun de leurs crimes ne demeurera caché. Puisque son inconcevable lâcheté a permis que la postérité commençât pour lui de son vivant, profitons de nos avantages ; qu'il soit accablé sous le poids de l'affreuse vérité ; que le tableau de son détestable règne devienne son premier supplice. *T. P.* Cela n'est pas généreux. *T. M.* Buonaparte nous dispense de toute générosité à son égard ; lorsque le tigre est blessé, hors d'état de nuire, le ménage-t-on ? A-t-on pitié de lui ? Non, on l'achève. *T. P.* Est-ce que vous craindriez son retour ? *T. M.* Je ne suis ni assez *trembleur*, ni assez bête pour cela ; mais comme je vois journellement des gens de cette force, qui ne seront tranquilles que lorsqu'il n'existera plus, je voudrais apprendre qu'il est mort de rage, et peut-être que les nombreux *éloges* qu'on lui prodigue produiraient cet effet, s'il en avait connaissance. *T. P.* Vous voyez les

(9)

choses tout de travers. *T. M.* C'est-à-dire, que je ne les vois pas comme vous, ce qui est un peu différent.

T. P. Tous les Français ayant obéi servilement à cet homme, ils auraient dû pallier ses torts, pour diminuer d'autant la honte de l'avoir reconnu pour maître. *T. M.* Ce que vous nommez des *torts* (et l'expression est douce) pouvait-il être pallié ? La honte d'avoir rampé sous le plus exécrable des tyrans n'est-elle pas effacée en partie par la gloire d'avoir appelé un Bourbon ? *T. P.* Vous plaisantez ; est-ce vous qui l'avez appelé ? On vous l'a donné comme on vous en aurait donné un autre, et vous l'auriez reçu tout de même ; les Français ont-ils une volonté ? *T. M.* Napoléon abattu, j'aurais, à la vérité, reçu à bras ouverts celui qu'on m'aurait donné pour maître ; car j'avoue que mon amour pour les Bourbons était encore au-dessous de mon horreur pour le Corse ; c'est ce que je puis dire de plus fort : je n'en suis pas moins d'avis de faire connaître à l'Univers tous les crimes de l'usurpateur. *T. P.* C'est que vous ne voulez jamais avoir tort. *T. M.* Cela est vrai, vous voulez l'avoir toujours ; chacun a son goût. *T. P.* Plaisantez, faites des épigrammes ; mais à propos d'usurpateur, où avez-vous pris que Buonaparte le fût ? *T. M.* Je m'en rapporte à vous. *T. P.* De qui a-t-il pris la place ? *T. M.* Des Bourbons. *T. P.* Les Bourbons n'y étaient plus. *T. M.* Ils devaient y être ; leurs titres ne prescrivent pas. *T. P.* N'a-t-on pas béni le jour où il s'est emparé du pouvoir suprême ? *T. M.* Cela était tout simple, il succédait à un Gouvernement méprisé, abhorré : l'espoir d'être mieux suffisait pour que les Français le reçussent comme un libérateur ; ils en auraient reçu un autre tout aussi volontiers : l'homme qui se noye s'accroche à toutes les branches ; mais, ô ciel ! à quelle branche nous nous étions accrochés ! *T. P.* N'a-t-il pas élevé la France au plus haut point de gloire ? *T. M.* Expliquons-nous ; dans quel genre ? *T. P.* Dans tous. *T. M.* Commencez par un.

T. P. Dans les armes. *T. M.* Il faut toujours juger des choses par leur résultat : à combien évaluez-vous les hommes que Buonaparte a fait périr dans ses guerres ? *T. P.* Un million ou deux millions au plus. *T. M.* Dites quatre ou cinq ; mais je vous accorde deux millions. Et les dépenses, à combien de milliards ? *T. P.* Deux ou trois. *T. M.* Vous vous moquez : à 1500 millions par an ; mettez douze au moins. *T. P.* Ah!

douze ; que dites-vous ? cinq ou six , passe. *T. M.* Six, soit : eh bien ! que reste-t-il aujourd'hui à la France, pour ses deux millions d'hommes, et ses six milliards ? *T. P.* La gloire d'avoir résisté quinze ans à toute l'Europe. *T. M.* Vous oubliez ce qui reste de la fameuse campagne de Moskou. *T. P.* Quoi ? *T. M.* Un décret sur la comédie française, non exécuté ; il ne nous coûte que cinq cent mille hommes, onze cents canons, le matériel de trois armées, un milliard, et pour finir, la visite des Rois coalisés, et leur entrée à Paris. *T. P.* Qui pouvait s'attendre à cela ? *T. M.* Tout le monde ; il n'y a pas plus loin de Paris à Moskou, que de Moskou à Paris. *T. P.* A la rigueur, cela est vrai. *T. M.* Je suis bien étonné que vous ne me répétiez pas la phrase banale des gens d'esprit, ou soi-disant tels, d'aujourd'hui : que les Français aillent à Moskou, c'est tout simple ; mais que les Russes viennent à Paris , *oh ! c'est bien différent.* *T. P.* Je trouve que c'est à peu-près la même chose. *T. M.* Et moi *tout-à-fait* : ainsi Buonaparte seul a appelé quatre cent mille hommes sur le sol français, qui heureusement n'ont vu d'ennemi que lui. Nous avons, en effet, résisté à l'Europe en détail ; mais lorsqu'elle a voulu se coaliser de bonne foi, vous voyez combien cela a duré. *T. P.* Ah ! c'est une honte affreuse que des armées ennemies nous aient subjugués, conquis. *T. M.* Cette honte est un peu effacée par la chûte du tyran, et le retour du Roi légitime. *T. P.* Non, non ; il fallait faire tout cela nous - mêmes , sans secours étrangers. *T. M.* Pensez-vous que la chose fût possible ? *T. P.* Assurément. *T. M.* Pour qui étaient les troupes ? *T. P.* Pour Napoléon. *T. M.* Pour qui étaient les membres des diverses autorités ? *T. P.* Pour Napoléon. *T. M.* Que restait-il donc à ceux qui souhaitaient le changement de dynastie. *T. P.* (*hésitant*) Il restait..... *T. M.* Dites donc. *T. P.* Rien, je l'avoue. *T. M.* Ce grand événement ne pouvait donc avoir lieu par nos seules forces ? *T. P.* J'en conviens. *T. M.* Eh bien ! n'étions-nous pas forcés d'appeler les alliés à notre secours ? *T. P.* Soit ; mais approuvez-vous aussi les dégâts de tout genre commis par ces alliés, dans tous les pays qu'ils ont parcourus. *T. M.* Non ; cependant je les excuse en grande partie, parce qu'il était impossible que cela fût autrement ; d'ailleurs, si nous considérons qui nous avions et qui nous avons, nous ne nous plaindrons jamais, et les Français ont fait au moins autant de mal que les étrangers.

T. P. J'ai un voisin de campagne , brave et digne homme , bon royaliste, à qui on a mangé, détruit au moins pour 12,000 francs, et qui ne s'en console pas. *T. M.* Quel est son revenu ? *T. P.* Oh ! il est riche : cinquante ou soixante mille francs. *T. M.* Vraiment , il a bonne grâce à se plaindre ; et vous dites que c'est un vrai royaliste, attaché aux Bourbons ? *T. P.* Oui. *T. M.* Vous croyez donc que si on lui avait demandé, il y a six mois , mille louis pour voir expulser Napoléon, et voir rétablir Louis XVIII, il les aurait donnés ? *T. P.* De grand cœur. *T. M.* Eh bien ! de quoi diable se plaint-il ? Il gagne cent pour cent. *T. P.* Je crois que vous avez raison. *T. M.* Vous me faites bien de la grâce. Avec le retour de son Roi, il jouit du retour de la paix. *T. P.* Oui, la paix....... Et mon neveu , qui est capitaine à vingt-deux ans, et qui aujourd'hui a la perspective de l'être toute sa vie , trouvez-vous que ce soit bien agréable ? *T. M.* Voilà , je l'avoue , une observation des plus curieuses. A la honte éternelle de la Nation , les plaintes de votre neveu sont communes à bien d'autres, et n'en sont pas moins révoltantes ; elles démontrent à quel degré de démoralisation il est possible d'amener un peuple. Quels effets , jusqu'à présent inconnus , la tyrannie avait produits sur nous! quelle leçon pour les races futures ! Et votre neveu croit-il que je trouve, moi, bien agréable que mon fils se fasse tuer ou estropier à vingt ans pour contribuer à le faire major ou colonel? *T. P.* Non.... mais, enfin.... *T. M.* Il n'y a point de mais ni d'enfin qui tienne ; votre réflexion ne serait qu'absurde, si on se battait seul, parce qu'il l'est de se vouer à une guerre perpétuelle, comme si les hommes devaient faire toute leur vie le métier de chiens enragés ; mais, de plus, elle est atroce, parce qu'elle enveloppe volontairement, et de sang froid, dans cette affreuse proscription, tous les jeunes Français. C'est comme si votre neveu disait : « Il m'est indifférent de voir périr dix » mille hommes nécessaires à leurs familles, » pourvu que j'obtienne un grade ou une croix. » Vous ne sentez pas ce que cette profession de foi a d'horrible, de révoltant. *T. P.* Mon neveu ne risque-t-il pas sa vie comme les autres ? *T. M.* Oui, avec cette légère nuance qu'il la risque volontairement, par ambition, et que les autres la risquent forcément, sans apparence et sans espoir d'avancement ou de récompense; cela fait bien quelque différence. *T. P.* Vous ne prétendez pas établir que Napoléon n'a rien fait de grand, comme militaire? *T. M.* Pardonnez-moi. *T. P.* Voilà bien la prévention la plus aveugle.... *T. M.* Ne disputons pas ; raisonnons : citez ce que, selon vous, il a fait de grand, je vous répondrai.

T. P. L'expédition d'Égypte. *T. M.* D'abord, il n'était qu'agent du Directoire ; et si l'expédition mérite des éloges, ils ne sont pas pour lui, qui n'était responsable que de l'exécution ; mais le projet n'avait pas le sens commun. *T. P.* Pourquoi ? *T. M.* 1°. Parce que cette invasion nous a brouillés avec le Grand-Seigneur, et que, d'un allié précieux et fidèle, elle en a fait un ennemi, quoique nous ayions poussé la sottise et l'impudence jusqu'à vouloir lui persuader que nous n'agissions que pour son bien ; 2°. parce que nous ne pouvions jamais conserver cette conquête, dont il ne nous reste aujourd'hui qu'un beau voyage pittoresque, rempli de belles estampes, et de mensonges bien imprimés ; et ce voyage coûte trente ou quarante mille hommes, douze vaisseaux de ligne, et beaucoup de millions. *T. P.* Et la prise de Malte. *T. M.* Conquête qui n'a pas coûté de grands efforts, puisqu'on l'a due à la trahison, et qui n'a eu d'autre résultat que de faire présent aux Anglais de ce poste important, qui leur assure à jamais une entière domination dans la Méditerranée. *T. P.* Je me flatte que sa campagne d'Italie a bien eu quelque éclat. *T. M.* Oui, aux yeux des imbécilles, qui n'ont pas vu que ses succès étaient dus à la trahison, à la révolte, et au sacrifice de beaucoup de milliers d'hommes. *T. P.* Parbleu, on ne fait pas la guerre sans perdre des soldats. *T. M.* Cela est vrai ; mais si les victoires, les conquêtes sont achetées trop cher, elles ne présentent plus ni profit ni gloire ; ainsi une victoire payée par la perte de trente mille hommes (et bien peu les valent) devient une calamité dont on ne peut que gémir. *T. P.* L'Egypte a été conquise avec une rapidité... *T. M.* Et perdue de même.... Pourquoi ne me parlez-vous pas du massacre des prisonniers turcs, de l'empoisonnement des malades de l'hôpital ? ces traits de *grandeur* ne doivent pas être oubliés. *T. P.* Sont-ils bien sûrs ? Vous ne les avez pas vus. *T. M.* Je n'ai pas vu non plus assassiner le duc d'Enghien ; je suis cependant certain qu'il est mort. *T. P.* Pour celui-là, je ne sais comment excuser Buonaparte. *T. M.* Je ne vous conseille pas de l'entreprendre : n'eût-il commis que ce seul crime, il suffirait pour le vouer à l'exécration des siècles, et pour couvrir d'un éternel opprobre tous ceux qui osent le plaindre ou le regretter ; ce seul trait accuse ceux qui l'ont laissé vivre, et lui ont

ont accordé un asile pour y achever sa détestable carrière. *T. P.* S'il est coupable, au reste, il n'est pas le seul : les juges, les agens de l'exécution le sont bien autant. *T. M.* Beaucoup plus. *T. P.* Cependant que peuvent faire des officiers? obéir aveuglément. *T. M.* Cette profession de foi est erronée, et bien honteuse pour les militaires ; c'est en faire des automates, des brutes, de véritables animaux. Quoi! un général transformé en juge se croira obligé de condamner un innocent. Ah! combien cela me confirme dans mon opinion! *T. P.* Qui est?... *T. M.* Qu'il y a deux choses dans le monde qu'il est impossible d'exagérer : la sottise du peuple, et la bassesse des courtisans d'un tyran. *T. P.* Tous ne sont pas ainsi. *T. M.* Pardonnez-moi, tous, tous ; dès l'instant qu'on se voue au service d'un tyran, on n'a plus de volonté ; on fait abnégation de soi-même : le despote seul agit ; victime de la plus honteuse servitude, le courtisan ne connaît que lui ; il est prêt à tout pour lui plaire : amis, parens, patrie, rien ne le touche plus ; il traînerait son père à l'échafaud sur un signe de son maître, et, pour comble d'avilissement et de turpitude, il se complaît dans son esclavage ; il en tire vanité. *T. P.* Votre tableau est un peu chargé. *T. M.* Chargé! il ne peut pas l'être ; il est bien loin de retracer ce que je sens. Si vous pouviez consulter Napoléon , il serait de mon avis. Pourquoi méprisait-il autant les hommes ? parce qu'il les voyait ramper à ses pieds, comme de vils insectes, et que, tout en se servant d'eux, il connaissait le peu qu'ils valaient. Vous ne pouvez ignorer qu'il a dit mille fois , en présence de ses courtisans, qu'il n'y avait , en France, qu'un maître et des valets ; il ne se trompait pas, puisque ces gens-là continuaient de le servir. *T. P.* Ainsi tous les courtisans de nos Rois étaient des hommes vils et méprisables. *T. M.* Ou vous ne m'entendez pas, ou vous ne voulez pas m'entendre. *T. P.* Comment ? *T. M.* J'ai parlé des courtisans d'un *tyran*, et non d'un Roi. *T. P.* C'est la même chose pour l'obéissance, qui est toujours d'obligation. *T. M.* Mais ce n'est pas la même chose pour la nature des ordres qu'ils reçoivent. Un Roi digne de ce nom ne commande rien d'injuste, de déshonorant, d'atroce. S'il le faisait, on ne lui obéirait pas. — *T. P.* Vous croyez que si un de nos Rois avait ordonné à sept à huit généraux ou courtisans un crime pareil à celui dont il est question, il n'eût pas été obéi ? *T. M.* Ce doute est un outrage : en supposant une chose impossible, tous auraient répondu que leurs services cessant d'être agréables à leur maître, ils allaient se retirer de la cour ou de l'armée, et ils l'auraient fait. *T. P.* S'ils avaient répondu ainsi à Napoléon, Vincennes ou le château d'If eussent été leur partage. *T. M.* Cet aveu confirme pleinement ce que j'ai dit tout à l'heure. Un pareil maître ne peut donc être servi que par des esclaves, et celui qui s'attache à sa personne prend implicitement l'engagement de commettre tous les crimes. Mais laissons ce chapitre. *T. P.* Oui; voyons celui de l'éducation. *T. M.* Vous ne serez pas plus heureux.

T. P. Ces écoles en tout genre, ces lycées, ces prytanées, n'est-ce rien que tout cela? *T. M.* Autre partie livrée à la tyrannie la plus épouvantable. Un fils unique, belge, italien, allemand, était forcé de se rendre au prytanée de la Flèche, à deux cents lieues de sa famille, qui n'avait pas même le choix de l'école; elle ne pouvait garder sous ses yeux celui sur qui reposaient toutes ses espérances. Avec une grande fortune, le jeune homme était isolé, abandonné, perdu pour ses parens, jusqu'à l'âge où, appelé sous les drapeaux, il devait disparaître pour toujours. *T. P.* S'il était riche, n'avait-il pas la ressource de se faire remplacer? *T. M.* Mon cher, s'il ne faut pas chercher à paraître plus savant qu'on ne l'est réellement, il ne faut pas non plus vouloir paraître plus ignorant. *T. P.* Que voulez-vous dire ? *T. M.* Je veux dire que vous savez aussi bien que moi, combien ces remplacemens, qui devaient libérer à jamais le conscrit, étaient illusoires. L'envoi de brevets de sous-lieutenans, l'établissement des gardes-d'honneur, invention perfide, rendue plus épouvantable encore par la manière cruelle et révoltante dont beaucoup de préfets l'ont mise à exécution ; tout cela n'a-t-il pas atteint et envoyé à la boucherie des jeunes gens qui, sur la parole formelle du souverain, se croyaient à l'abri de toute recherche ? *T. P.* Il fallait des hommes en grand nombre : le souverain s'est vu forcé de prendre ceux qui se croyaient libérés. *T. M.* On n'est jamais forcé de manquer à ses engagemens, surtout pour éterniser une guerre sans but, sans autre motif que de satisfaire une ambition aveugle, une soif de conquêtes au moins inutiles, et toujours injustes. *T. P.* Quant aux brevets envoyés à des jeunes gens connus, est-ce que sous les Rois ils ne se seraient pas crus obligés de servir ? Napoléon n'était-il pas en droit d'exiger d'eux la même chose ? *T. M.* Pardonnez-moi ; mais non après leur avoir permis de se faire remplacer à prix d'argent ; dès ce moment ils ne lui appartenaient plus. *T. P.* Ces grands établissemens d'éducation avaient pourtant une sorte d'éclat..... *T. M.* Aux yeux des sots qui les visitaient, n'y voyaient que beaucoup d'élèves, beaucoup de maîtres, et une certaine grandeur factice qui leur imposait. *T. P.* Et l'Université? *T. M.* Elle sera quelque chose, lorsque le mode d'éducation redeviendra ce qu'il doit être, que les lycées auront cessé d'être des écoles militaires, d'où les jeunes gens ne sortaient que pour aller se battre toute leur vie. *T. P.* La France était toute militaire; il le fallait bien. *T. M.* D'un seul mot, vous faites la satire du gouvernement de Buonaparte : est-ce que la France devait être toute militaire? Est-ce qu'une nation de vingt-cinq millions d'hommes, possédant tous les avantages du climat, de la civilisation, de l'industrie, pouvait n'être que militaire? Vous ne vous êtes pas aperçu que nous marchions à grands pas vers l'abrutissement et la barbarie; que si votre héros eût encore régné dix ans, personne en France n'aurait plus su lire. *T. P.* Vous exagérez. *T. M.* Il s'en faut; qui sait même si, dans un accès de délire, ce monstre couronné n'eût pas ordonné de brûler tous les livres; il ne voulait que de l'argent et des soldats : les colléges, les professeurs, les académies lui devenaient inutiles. Et vous pou-vez admirer un tel homme, et vous osez en convenir! *T. P.* Je le répète, les lycées étaient de belles institutions. *T. M.* Je le répète, pour former des soldats, et non des citoyens. *T. P.* Est-ce que les soldats ne sont pas des citoyens? *T. M.* Non. *T. P.* Ah! ah! un soldat français, selon vous, n'est plus Français. *T. M.* Je ne puis pas empêcher un Parisien d'être né à Paris, ou un Normand à Rouen; mais le soldat, voué à une obéissance passive et absolue, a renoncé à sa qualité de citoyen. *T. P.* N'était-il pas citoyen avant d'être soldat? *T. M.* Vous répé-tez les plats raisonnemens de 1789. Pouvez-vous exiger qu'on se conduise aujourd'hui d'après les prérogatives d'un état qu'on n'a plus? Une femme pourra donc dire à son mari: *J'étais à moi avant d'être à vous, ainsi je puis faire ce qu'il me plaira.* Vous voyez bien qu'elle déraisonnerait, en raisonnant comme vous. *T. P.* Diable d'hom-me! on ne sait par où le prendre. *T. M.* C'est que vous défendez de bien mauvaises causes.

T. P. Vous serez plus indulgent pour les mai-sons d'éducation de demoiselles; celles que Na-poléon a fondées excitent l'admiration des étran-gers. *T. M.* Il faut toujours se méfier des grands établissemens; on les admire, parce qu'on n'en

voit pas les détails, et vos maisons d'éducation
sont de ce nombre. *T. P.* Est-ce que les demoiselles n'en sortent pas bien instruites ? *T. M.* Oui,
de ce qu'elles devraient ignorer, et ignorant
beaucoup de choses qu'elles devraient savoir.
T. P. Vous faites des épigrammes. *T. M.* J'en
conviens, et ces demoiselles font autre chose.
T. P. Vous vous sauvez par des plaisanteries ;
elles ne détruiront pas la grandeur et la célébrité
de ces maisons. *T. M.* Je plaisante si peu que
je vous donne ma parole que jamais je n'y aurais mis ma fille, l'eût-on élevée pour rien ; on
me l'aurait rendue trop savante. *T. P.* On l'y
aurait mise malgré vous. *T. M.* Je sais qu'on
aurait fini par-là, et même par la marier malgré
moi à quelque officier ou sergent mutilé, au lieu
de lui donner les invalides ; il était écrit que les
Français éprouveraient tous les genres de tyrannie, même ceux dont les tyrans d'aucun siècle ne s'étaient avisés. Nous fournirons à l'histoire une preuve bien effrayante de l'état d'avilissement et de servitude où peut tomber une
nation ; nous étions jalousés, enviés par toute
l'Europe : la voilà bien vengée de quelques
années de supériorité.

T. P. Comme législateur, Buonaparte a droit
à l'estime générale ; ses codes ont été adoptés

partout. *T. M.* Partout où ses baïonnettes faisaient la loi ; d'ailleurs si ces codes ont quelque mérite, la gloire n'en est pas à lui, car vous pensez bien qu'il ne les a pas faits ; il s'est contenté d'y mettre son nom, et ce ne sont pas des chefs-d'œuvre. *T. P.* Qu'y trouvez-vous à blâmer ? *T. M.* Le Code Napoléon est une source intarissable de procès, et c'est ce qu'on a voulu ; il a fallu des commentaires vingt fois plus étendus que le Code lui-même, et tout n'est pas éclairci, à beaucoup près. Le code criminel pèche, selon moi, en deux points très-essentiels : les jurés et l'instruction publique. *T. P.* Pourquoi ne voulez-vous pas de jurés ? *T. M.* Parce que n'étant pas maîtres de modifier la loi ; devant, dans beaucoup d'occasions, ou condamner à mort ou absoudre ; ne pouvant déclarer que coupable ou innocent, ils prennent ce dernier parti lorsque le crime ne leur paraît pas capital, et le coupable échappe à toute punition. Il fallait laisser les juges faire leur métier. Aujourd'hui ce sont des mannequins : les jurés sont tout. La probité est bien quelque chose ; cependant elle ne suffit pas dans certaines affaires compliquées ; de très-honnêtes gens sont incapables de les suivre ; au défaut de lumières, ils ont leur conscience : ce n'est pas assez ; de plus, l'instruction devrait être secrète comme autrefois. *T. P.* Vous êtes toujours pour les anciens usages ; vous ne voyez que cela. *T. M.* Je conviens que j'ai un faible pour des usages consacrés par une longue expérience, et que je les préfère à des nouveautés qui n'ont souvent d'autre mérite que de combattre les idées reçues. *T. P.* Quel vice trouvez-vous dans la publicité de l'instruction criminelle ? *T. M.* Que c'est une école pour les fripons ; il n'y a pas de procès criminel qui ne leur fournisse des lumières nouvelles : vous les voyez par troupes, à l'audience, peser les accusations, écouter les défenses, pour en profiter quand leur tour viendra ; ils savent précisément jusqu'où ils doivent aller pour ne subir que la réclusion et éviter les fers. Si on pouvait connaître tous les individus présens à telle affaire de vol ou d'empoisonnement, on serait effrayé de la quantité de ceux qui n'y sont que pour acquérir des lumières, et se faire des moyens de défense dans l'occasion. *T. P.* L'instruction secrète a de grands abus. *T. M.* Lesquels ? *T. P.* Si les juges ne sont pas d'honnêtes gens. *T. M.* En partant de ce principe, nous ne pouvons plus discuter. Si les juges sont prévaricateurs, la publicité de l'instruction ne les rendra pas meilleurs, et ils trouveront toujours des moyens de plier la loi à leur volonté. Il faut établir que les juges sont probes : ce principe est de rigueur. *T. P.* Et cela n'est pas toujours. *T. M.* Peut-être sous le gouvernement du grand Napoléon, parce qu'un maître pervers et immoral ne doit avoir que des serviteurs qui lui ressemblent. *T. P.* Quant au code de commerce, vous n'y trouverez rien à blâmer. *T. M.* Si fait : il provoque les faillites, ne laisse aux créanciers aucun espoir d'être payés, même en partie. *T. P.* Comment cela ? *T. M.* Le failli doit d'abord être traité comme frauduleux, qu'il le soit ou non, et conduit en prison ; ainsi son premier soin sera de fuir ou de se cacher, et il fera fort bien ; ensuite le Gouvernement se mêlant de ses affaires, les frais deviennent énormes, le failli ne pouvant agir par lui-même ; et comme, devant être traité en criminel, il a mis à couvert tout ce qu'il a pu, les créanciers ne trouveront plus rien. *T. P.* Que voulez-vous qu'on fasse ? *T. M.* Comme l'intervention forcée du Gouvernement altère toujours la confiance, je veux qu'on laisse le failli s'arranger avec ses créanciers, qui, dans le fait, sont seuls intéressés à la chose ; je veux que le Gouvernement ne s'en mêle que dans le cas de banqueroute frauduleuse, où le ministère public doit intervenir.

Cet article du code de commerce n'a eu pour but que d'augmenter les frais, qui, en dernier résultat, retombent dans les caisses du fisc; toutes les lois de Napoléon n'ont pas d'autre but; elles ne sont que *bursales*. De l'argent et des hommes; des hommes et de l'argent. Passez à l'alambic toutes les lois, tous les décrets rendus depuis treize ans, je vous défie d'en tirer autre chose. *T. P.* Diable ! vous êtes bien ferré, à ce qu'il me paraît. *T. M.* Je n'ai aucun mérite à combattre les principes de Buonaparte dans tous les genres d'administration ; ils tombent d'eux-mêmes devant l'homme sensé et impartial.

T. P. Je vous attends aux constructions, aux palais, aux fontaines, à tous les établissemens qu'il a faits dans la capitale et dans toute la France ; ne sont-ils pas au-dessus de tout éloge ? *T. M.* Permettez-moi une question : si, après une absence de trois ou quatre ans, votre fermier vous présentait un mémoire des embellissemens faits dans votre domaine, qui montât à trois fois votre revenu annuel, que diriez-vous ? *T. P.* Je dirais qu'il a eu grand tort. *T. M.* Dites donc que Buonaparte n'a pas eu raison, puisqu'il laisse l'Etat grevé de deux ou trois fois son revenu, et l'on a fait la révolution pour un *déficit* de moins de soixante millions. *T. P.* Mais ces travaux restent, à commencer par le port de Cherbourg. *T. M.* C'est un très-bel ouvrage, qui n'existerait plus, si la paix eût été faite avec Napoléon. *T. P.* A la bonne heure ; nous en profiterons, ainsi que des autres travaux.— *T. M.* Oui, et lorsqu'on mettra des impositions pour faire face à ce *deficit*, on jetera des cris affreux, et vous tout le premier. *T. P.* Cela pourra bien être. *T. M.* Et vous trouverez mauvais qu'on retarde le payement de vos rentes. *T. P.* Aurai-je tort ? *T. M.* Assurément ; car si vous ne payez pas le Gouvernement, comment voulez-vous qu'il vous paye ? *T. P.* Je consens à payer, mais je ne veux pas être grevé au-delà de mes moyens. *T. M.* Sous Napoléon, ne l'étiez-vous pas ? Pourquoi ne disiez-vous rien ? *T. P.* Qui l'eût osé ? *T. M.* C'est-à-dire, que vous trembliez et gardiez le plus profond silence ; aujourd'hui, sous un Roi bon, juste, humain, vous vous croyez tout permis. *T.P.* Non, mais on peut lui faire des observations. *T. M.* Savez-vous ce que je conclus de tout cela ? Que les Français sont faits pour être *régentés*, gouvernés avec la plus grande fermeté ; que le souverain qui les ménagera trop, n'en obtiendra rien. *T. P.* Vous voulez donc que nous soyons des esclaves ! *T. M.* Je veux que le Roi soit le maître, et je ne sortirai jamais de-là. *T. P.* Autant vaudrait être à Maroc. *T. M.* Et n'y étiez-vous pas depuis treize ans, à Maroc, et pis encore? Cependant que disiez-vous? pas le mot. Vous souffriez en silence, ou si vous ouvriez la bouche, ç'était pour flagorner votre oppresseur, pour vous féliciter de vos chaînes, pour les bénir; si vous ne mourez pas de honte, continuez d'obéir; aujourd'hui ce sera sans vous déshonorer. *T. P.* Vous êtes sévère. *T. M.* Je suis juste; ne vous en prenez qu'à vous-même si la justice que je vous rends a l'apparence de la sévérité.

T. P. Au milieu de ses grands travaux militaires, Napoléon n'a jamais négligé la littérature; elle a toujours été cultivée, honorée, récompensée. *T. M.* Rien de tout cela. Les littérateurs estimables se taisaient; les autres prostituaient leur talent à l'idole, et se couvraient d'opprobre, depuis l'historien jusqu'au faiseur de chansons. *T. P.* N'a-t-on pas, dans tous les temps, loué les souverains, qu'ils le méritassent où non? *T. M.* Posez autrement la question : n'y a-t-il pas toujours eu des historiens, des poëtes, des littérateurs qui ont vendu leur plume au scélérat tout puissant? Je répondrai : oui, à la honte de l'humanité. *T. P.* Aujour-

d'hui les louangeurs de Buonaparte se repentent ; ils chantent le nouveau régime. —
T. M. C'est une bassesse de plus. Vous parlez
de son amour pour les lettres , est-ce leur rendre un hommage bien pur que d'ordonner des
suppressions nombreuses dans les nouvelles édi-
tions de Bourdaloue, de Massillon, dans les an-
ciennes pièces de théâtre, etc. , comme si les milliers d'exemplaires répandus en Europe étaient
frappés de la même proscription ; de faire anéantir des ouvrages censurés, approuvés, prêts à
être publiés, *parce qu'on n'y parlait pas de lui ?*
On ne sait s'il y a dans cette conduite plus de
petitesse ou plus d'extravagance ; et des hommes de lettres n'ont pas rougi de prostituer leur
plume , en travaillant à ces changemens dans
les ouvrages de nos auteurs dramatiques. —
T. P. Cependant les prix décennaux qu'il a
fondés attestent son amour pour tous les genres
de sciences, d'arts et de littérature. *T. M.* Avez-
vous obtenu quelqu'un de ces prix ? *T. P.* Non,
en vérité. *T. M.* On le voit bien , vous n'en
feriez pas l'éloge. *T. P.* Je le ferais encore plus
volontiers. *T. M.* Non : car vous sauriez que
les prix ont été promis solennellement, les ouvrages examinés, le meilleur dans chaque genre
proclamé, l'auteur connu, et qu'en dernier ré-

sultat les 10,000 francs et les 5,000 francs sont
restés dans les coffres de Napoléon ; ç'a été une
jonglerie comme tout ce qu'il faisait : car jamais
charlatan n'a mieux su son métier : ceux des
boulevards ne sont que des enfans en comparaison. *T. P.* Quoi ! vous assimilez Napoléon à
un saltimbanque ? *T. M.* Non certainement ; je
le place fort au-dessous. *T. P.* (*vivement*) Au-
dessous ? *T. M.* (*fortement*) Oui , Monsieur ,
au-dessous : les Rois n'ayant droit à l'estime et
à l'amour des hommes que d'après le bien qu'ils
font, celui qui a couvert la terre de deuil et de
larmes, qui a mérité d'être en horreur à son
siècle et à la postérité , ne saurait être comparé
à l'individu le plus obscur qui n'a fait de mal à
personne. *T. P.* Voilà un arrêt bien sévère.
T. M. Il n'est que juste ; pesez-le attentivement,
jugez-le en conscience ; je n'en demande pas davantage. Un souverain dont le ministre de la
police porte en compte 2,500 francs d'*enthou-
siasme* lorsqu'il est revenu de Moskou, et qu'il
a paru à l'Opéra ; 5,000 francs d'*esprit public*
lorsqu'il s'est promené dans Paris ! On est saisi
d'indignation, en voyant une nation aussi impu-
demment jouée ; mais on ne peut en même temps
s'empêcher de rire : *Bobèche* et *Galimafré* sont
en vérité moins comiques.

T. P. Enfin , vous ne nierez pas que la religion, proscrite depuis plusieurs années , n'ait recouvré son éclat par la volonté de Buonaparte. *T. M.* Il a ouvert les églises, non pour le peuple français , mais pour lui ; et, en effet, cette mesure purement politique lui avait valu beaucoup de partisans. *T. P.* Pourquoi ne pas lui en faire un mérite ? *T. M.* Parce qu'il n'en a aucun; ce qui n'a pas empêché les dévôts d'être complètement ses dupes ; ils n'ont vu , les femmes surtout, que les églises ouvertes , que la possibilité d'entendre la messe, sans précaution, sans mystère , et sans crainte d'être insultés. Quant aux autres objets relatifs au culte , aux séminaires , aux dotations des fabriques, etc. , tout cela leur est échappé , comme si la religion pouvait se passer de ces divers accessoires. — *T. P.* Il fallait d'abord commencer. *T. M.* Depuis dix ans, qu'avait-il fait de plus ? Emprisonné le pape, les cardinaux , des prêtres ; il avait poussé le délire jusqu'à forcer de servir dans l'artillerie , à Wezel, des séminaristes de Gand engagés dans les ordres sacrés. En Egypte, n'a-t-il pas été turc? A-t-il jamais paru à l'église, rempli un seul de ses devoirs de chrétien , dont les moins religieux de nos Rois n'ont jamais cru pouvoir se dispenser? Et vous lui faites un mérite

d'avoir

d'avoir rétabli la religion ! *T. P.* Il est vrai que sa conduite envers le pape n'est pas exempte de blâme. *T. M.* Vos expressions sont d'une douceur tout à fait édifiante ; on voit que vous craignez de dire du mal de votre prochain ; allez, mon cher, Napoléon a rétabli et protégé la religion comme le commerce et les manufactures.

T. P. N'a-t-il pas créé un ministère à part pour ces objets ? *T. M.* Oui, et nommé un ministre extrêmement agréable à tous les commerçans. *T. P.* Pourquoi non ? *T. M.* Parce que les douanes étant, par leur nature, ennemies du commerce, l'homme qui en avait été long-temps le chef, qui en avait pris l'esprit de sévérité et d'avidité qui en est inséparable, devait déplaire aux négocians ; ne voyant en lui que l'agent du souverain, ils ne pouvaient lui accorder leur confiance. Buonaparte n'a jamais songé à ses sujets dans le choix des administrateurs ; depuis le plus grand jusqu'au plus petit, tous étaient prêts à sacrifier les intérêts du peuple pour plaire au maître. *T. P.* Cependant les nombreux canaux faits ou terminés par lui ne devaient pas déplaire aux négocians. *T. M.* Aux négocians en vins de Bourgogne pour la capitale, soit ; mais vous n'appelez pas sans doute cela le commerce. Demandez aux villes de Marseille, de Bordeaux, de Nantes, si elles croyent avec ces canaux recouvrer ce qu'elles ont perdu. *T. P.* Je ne prétends pas dire qu'ils remplacent tout à fait le commerce maritime. *T. M.* Vous en savez autant sur cet article que Napoléon, qui voulait persuader à un négociant d'Amsterdam que les canaux intérieurs remplaceraient à merveille le commerce de mer, dont par conséquent il serait très-facile de se passer par la suite; il fut très-choqué de l'incrédulité du Hollandais qui se permit de n'être pas de son avis; aussi le traita-t-il à sa manière, c'est-à-dire, qu'il lui tourna le dos, en le qualifiant de *bête* et de *sot*. *T. P.* Il eut tort de le traiter ainsi. *T. M.* Oh! c'est un tort qu'il a eu souvent : jamais il n'a senti que les duretés, les impertinences, déplacées partout, devenaient révoltantes dans la bouche des Rois, puisqu'on ne pouvait ni leur répondre, ni s'en venger. Non content d'insulter, souvent il s'est oublié jusqu'à frapper. Louis XIV, dont vous avez peut-être entendu parler, ne s'est jamais permis un propos douteux contre personne. *T. P.* Vous voilà encore avec vos anciens Rois. *T. M.* C'est que je ne puis être en meilleure compagnie. *T. P.* Et toujours des comparaisons. *T. M.* En effet, je reconnais mon tort : lorsqu'il est question de Buonaparte, nommer un Bourbon, c'est un blasphême ; la disparate est trop choquante : revenons au commerce.

T. P. Il aurait repris à la paix. *T. M.* Et quand la paix serait-elle arrivée ? *T. P.* Ah! je l'ignore. *T. M.* Je le crois. Il ne suffit pas, pour ranimer le commerce, de nommer un ministre : le choix de Napoléon était, comme je l'ai dit tout à l'heure, une nouvelle preuve de son impéritie et de sa rapacité ; mais au reste, comme il n'existait réellement que le nom de commerce, celui-là en valait un autre. Les manufactures, en revanche, ont été encouragées, protégées, n'est-ce pas ? *T. P.* Certainement. *T. M.* Surtout celles de sucre de betteraves. *T. P.* Savez-vous qu'à la longue ces fabriques eussent porté un coup terrible aux Anglais, nos fournisseurs de sucre. *T. M.* Vous êtes bien le plus déterminé gobe-mouche que je connaisse ; quoi! vous avez donné dans ces fabriques de sucre de betteraves ? *T. P.* N'y en a-t-il pas eu trois ou quatre cents d'établies ? *T. M.* Trois ou quatre cents licences, oui ; c'est-à-dire, trois ou quatre cents badauds dont quelques-uns perdaient par spéculation, pour flagorner le Gouvernement et accrocher un ruban rouge ou bleu, et dont aucun n'a gagné un écu. *T. P.* Oh! l'idée était belle.

T. M. Jamais cette épithète ne lui aurait convenu ; seulement elle aurait eu le sens commun, si les colonies ayant été anéanties, ayant disparu de la surface du globe, par un tremblement de terre ou quelque catastrophe imprévue, il eût fallu chercher à remplacer une denrée que l'Amérique ne pouvait plus nous fournir. Mais comme les colonies existaient, que tôt ou tard elles devaient nous alimenter encore, que la concurrence était impossible entre les deux productions, il devenait clair que ces licences, ces établissemens étaient en pure perte, et ne dédommageraient pas leurs propriétaires des frais auxquels ils voulaient bien se soumettre. Je ne connais guères que le brûlement des marchandises anglaises qui présente une idée aussi grande, aussi noble. *T. P.* Vous riez ; mais croyez que cette mesure n'a pas amusé les insulaires, nos voisins. *T. M.* La plus grande partie ne leur appartenait plus ; ainsi la mesure n'était que plate, injuste, ridicule, et l'effet d'une rage impuissante. *T. P.* Cependant nous avons vu toutes les chambres de commerce vanter à outrance cette opération dans leurs adresses. *T. M.* N'avez-vous pas vu toutes les villes de France envoyer des députations pour complimenter Napoléon après ses *belles* campagnes de Moskou et de Dresde, mettre à ses pieds leurs vies, leurs enfans, leur fortune, se glorifier de l'avoir pour maître, dans les termes les plus vils et les plus soumis? C'est que sous un régime tyrannique, l'avilissement n'est pas concentré autour du trône ; il est partout. Brûler des ballots d'étoffes, de toiles, en présence d'une foule de malheureux manquant de vêtemens ; c'était les porter à s'en emparer de vive force, et cette voie de fait eût été traitée de rébellion, et punie de mort. *T. P.* Sans doute ; on voulait que les seules marchandises françaises fussent en circulation. *T. M.* Les témoins de ces pitoyables *autodafés* n'avaient pas de chemises, ni de quoi en acheter ; il valait donc mieux leur distribuer ces marchandises, que de les brûler ; beaucoup de marchands se sont vus forcés de faire banqueroute, et ceux de mauvaise foi avaient un prétexte plausible. *T. P.* Oh ! tout n'appartenait pas aux Français. *T. P.* Je le veux bien ; alors que diriez-vous, si les Anglais réclamant de nous 150 ou 200 millions de leurs marchandises brûlées, on vous demandait deux ou trois cents pistoles pour votre part de cette restitution ? Je gage que la mesure ne vous paraîtrait plus aussi belle. — *T. P.* Vous en venez toujours aux personnalités. *T. M.* C'est le seul moyen de bien juger des

choses ; oubliez-vous un peu ; vos idées ne seront plus les mêmes.

T. P. Les fabriques de Lyon se plaignaient-
elles de l'obligation de paraître à la cour en ha-
bit de soie, en toute saison ? *T. M.* C'était une
goutte d'eau dans la mer ; que sont mille habits
au plus par an, puisque presque tout le monde
était en uniforme ou en costume ? Napoléon
n'avait séduit que les sots par cette ordonnance ;
le pauvre homme ignorait que, dans tous les
temps, ce sont les pays étrangers, l'Allemagne,
la Russie, qui ont alimenté les fabriques de
Lyon. Il n'était pas plus habile en administration qu'en politique : je n'en veux pour preuve
que l'invasion de l'Espagne. *T. P.* Il est vrai
qu'en politique, il a eu tort. *T. M.* Et en morale, il a eu raison, sans doute ? *T. P.* Je ne dis
pas cela. *T. M.* C'est l'atrocité la plus gratuite
et la plus révoltante que l'histoire ait présentée
aux hommes ; mais ne la blâmons pas, elle a
commencé sa ruine. *T. P.* Il ne s'attendait pas à
une résistance aussi opiniâtre. *T. M.* Je le crois :
habitué à ne voir que des esclaves, il ne conce-
vait pas qu'un peuple entier pût se lever spon-
tanément pour défendre son Dieu et son Roi.
Quel exemple a offert au Monde cette grande et
généreuse nation ! Endormie depuis tant d'an-

nées, son réveil a été réellement celui du lion.
Nous méprisions ce peuple, comme reculé,
comme attaché à d'anciens usages ; nous le re-
gardions comme fort au-dessous de nous, nation
éclairée, séduisante, possédant les qualités aimables, servant de modèle au reste de l'Europe.
Nous étions, en effet, très-avancés en civilisation et beaucoup trop : pourris, gangrenés, sans
religion, sans morale, que devait-on attendre de
nous ? Ce qui est arrivé, de l'avilissement et de
la bassesse. Les Espagnols avaient conservé les
antiques vertus de leurs pères : *Dieu et le Roi,*
était leur cri de ralliement. La religion, l'honneur, le souverain ! Avec ces trois puissans mo-
biles, on enfante des miracles ; ils en ont enfanté : ils ont acquis une gloire immortelle, et
pour couronner une aussi belle œuvre, ils ont
anéanti les *Cortès*, ces assemblées turbulentes
et factieuses, pour rendre à leur prince un
trône sans tache, digne du chef d'une grande et
respectable nation. *T. P.* Il est vrai que leur
défense a été glorieuse ; je dois en convenir.

T. M. Je crois que nous n'avons encore rien
dit sur l'agriculture. *T. P.* Vous riez : elle était
encouragée ; les terres étaient bien cultivées : le
ministre de l'intérieur vous l'a annoncé positive-
ment dans son rapport. *T. M.* Il m'a dit aussi,

et sans mourir de honte, que la conscription favorisait la population. *T. P.* Sans doute, par la quantité des mariages. *T. M.* Comptez-les par milliers ; jamais les hommes ne seraient arrivés aussi rapidement qu'on les détruisait. Quant à l'agriculture, je vous conseille de vous sauver par les pommes de terre. *T. P.* La culture n'en était-elle pas parvenue au plus haut degré de perfection ? *T. M.* Et bientôt il ne serait plus resté personne pour les manger. *T. P.* Pourvu que vous goguenardiez, vous êtes content. *T. M.* C'est que vous avez des réflexions si comiques, qu'il est impossible d'y répondre sérieusement : d'ailleurs, je dis la vérité en riant. *T. P.* Vous aurez beau faire, son nom sera immortel. *T. M.* J'en conviens ; mais vous savez qu'il y a plusieurs routes pour aller à l'immortalité : *Cartouche* y ira aussi. *T. P.* Vous êtes heureux en comparaisons. *T. M.* Plus que vous ne croyez. L'un et l'autre prenaient ce qu'ils pouvaient quand ils étaient les plus forts, et je suis persuadé que si Cartouche fût devenu roi, il n'aurait plus volé. *T. P.* Ainsi, dans ce parallèle, c'est Cartouche qui joue le beau rôle. *T. M.* Vous l'avez dit ; lorsqu'il pouvait voler sans tuer, il ne tuait pas ; Napoléon nous volait et nous tuait. A-t-il jamais donné la moindre marque de clémence ? Comment a-t-il usé de ce beau droit de faire grâce ? Il commuait la peine de mort en quelques années de prison, et cette prison était perpétuelle. *T. P.* Où avez-vous vu cela ? *T. M.* Partout ; notamment au château d'If, où des condamnés à quatre ans de détention, en ont demeuré *onze*, et ne sont sortis qu'à la chûte du tyran. Pensez-vous qu'ils eussent été mis en liberté sous son règne ? *T. P.* Ne leur avait-il pas fait grâce de la vie ? *T. M.* Que dites-vous ? grâce de la vie : est-ce qu'ayant limité leur peine à tant d'années de prison, il n'avait pas pris l'engagement formel de les rendre à la liberté, ce temps expiré ? Dépendait-il de lui de manquer à sa parole ? Au reste, qu'attendre de l'homme qui, après avoir enlevé par trahison la couronne d'Espagne, en incarcère les princes, et ne paye seulement pas quelques millions auxquels il s'est engagé annuellement envers le souverain expulsé. *T. P.* Que voulez-vous ? Il ne retirait absolument rien de l'Espagne.

T. M. J'admire avec quelle sagacité vous avez saisi, adopté toutes les sottises qu'ont employées les défenseurs de Napoléon. Que ne laissait-il l'Espagne à ses maîtres ? Il en tirait tout ce qu'il voulait ; l'ayant *escamotée* en échange

de sept millions par an , devait-il attendre ,
pour les payer, de retirer les revenus de ce
royaume ? L'avait-il acheté à sa valeur ? Devait-on l'en faire jouir comme d'un domaine
vendu par-devant notaire ? N'était-ce pas ce
qu'on appelle un forfait (et de toutes les manières)? Il avait acquis l'Espagne à ses risques
et périls : un scélérat, inaccessible à tout sentiment de pudeur et de justice, pouvait seul laisser manquer de tout (comme cela lui est arrivé
à Marseille) un prince dépouillé par l'astuce et
la plus affreuse violence. *T. P.* Êtes-vous bien
sûr de ce que vous dites ? *T. M.* Aussi sûr que
je le suis qu'il a fait enfermer dans un couvent
de Rome, et au secret, la malheureuse reine
d'Etrurie, pour ne pas lui payer la pension
promise. Puisque vous ajoutez une foi entière
aux journaux, vous avez dû y voir cette nouvelle atrocité : mais peut-être ne vous parais-
saient-ils dignes de croyance que sous Buonaparte. *T. P.* Je sais bien que quelquefois ils don-
naient de faux rapports. *T. M.* Quelquefois,
oui. Croyez-vous que les Parisiens auraient bien
fait de s'y fier le 30 mars , ainsi qu'aux proclama-
tions de Joseph, et de se défendre jusqu'à l'arrivée de nos armées victorieuses ? *T. P.* Je crois
que non. *T. M.* Je le crois aussi, et que le 31 , il

ne fût pas resté pierre sur pierre dans la capitale : voilà pourtant ce que nous eût valu une entière confiance dans les paroles de notre Souverain, paroles que des ci-devant seigneurs n'ont pas rougi de répéter, pour nous porter à une défense impossible, pendant qu'eux-mêmes fuyaient à bride abattue, et se dérobaient au danger qu'ils nous faisaient courir. *T. P.* Il est vrai qu'on nous a furieusement trompés sur la force des ennemis. *T. M.* Oh! que non. Vous avez bien vu que le 31 mars, tout ce qui a défilé aux Champs-Elysées ne pouvait passer que pour des *débris* de colonnes, des restes de régimens écrasés : n'est-il pas vrai ? *T. P.* Vous avez beau jeu à rire : j'avoue que je n'en revenais pas. *T. M.* Vous pouviez penser que les coalisés s'étant décidés à tenter une entreprise sans exemple dans l'histoire, à envahir un pays aussi peuplé que la France, possédant autant de ressources en tout genre, y seraient entrés avec des poignées d'hommes, se seraient mis dans le cas d'être forcés à la retraite. Sans être dans le secret, j'étais bien assuré du contraire, et qu'ils avaient sur notre sol des armées formidables : le sens commun suffisait pour deviner cela. Et les notes du *Moniteur* sur les bulletins des ennemis, qu'en dites-vous ? *T. P.* On prétend qu'elles étaient l'ouvrage de Napoléon. *T. M.* Aussi, quelle incohérence, quelle absurdité ! Un style tranchant qui visait à l'effet, et n'était que ridicule ; un charlatanisme dégoûtant, comme dans tout ce qu'il disait et faisait : car c'est le plus grand charlatan qui ait paru dans le monde ; chacun de ses dons n'avait que l'apparence de la bonté, de la magnificence : il donne un pont à la ville de Bordeaux, et en même temps il crée un impôt pour le payer ; il dore le dôme des Invalides avec une retenue sur leur paye ; il établit des soupes à la Rumfort pour les pauvres ; des sous additionnels doivent fournir aux dépenses ; et comme rien n'est calculé, balancé, qu'on ne rend aucun compte, cet établissement de bienfaisance verse dans sa cassette plusieurs millions ; qu'il est agréable de s'enrichir en secourant les malheureux ! Tout était pour lui l'objet d'un monopole plus ou moins considérable ; le sucre, le café, lui rapportaient des sommes immenses, et jamais, par cette raison, ils n'auraient baissé seulement au point où ils sont aujourd'hui. *T. P.* Un souverain qui a de grandes dépenses à faire, prend de l'argent où il peut. *T. M.* Qui l'obligeait à ces grandes dépenses ? qui le forçait d'entretenir huit à neuf cent mille hommes, de construire des

bâtimens magnifiques, dont l'emplacement seul
coûtait déjà, énormément? Pensez-vous que le
plaisir de voir s'élever sous mes yeux le palais
du roi de Rome, et l'espoir d'admirer un jour le
monument de vingt-cinq millions sur le Mont-
Cenis (projet enfanté par le délire), me dédom-
mageaient de payer cinq à six francs le sucre et
le café? Non, je vous jure; j'aurais préféré les
payer quarante sols, et voir le roi de Rome lo-
gé moins magnifiquement. *T. P.* Ah! ce roi de
Rome ne vous a pas offusqué long-temps.
T. M. Non, Dieu merci; mais à qui la faute?
Si son père avait joint à son affreux despotisme,
à sa cruelle tyrannie, un peu de sens commun,
nous les aurions encore l'un et l'autre : il a fallu
qu'il rejetât les occasions sans nombre de faire
la paix et de rester notre maître, qu'il se dé-
trônât lui-même. C'est en quoi nous devons
principalement admirer et bénir la Providence :
l'homme le plus médiocre n'eût pas succombé.
T. P. Cependant sa chûte a été bien soudaine.
T. M. Cela tient au genre de gouvernement; en
1789, on a voulu une révolution en France; il
a fallu sapper les fondemens de la monarchie,
anéantir la religion, détruire la noblesse; ça été
l'ouvrage de plusieurs années; c'est que le gouvernement français n'était pas despotique, quoi

qu'en aient dit tant de politiques et de publi-
cistes de café. Aujourd'hui que nous étions,
non sous une monarchie, mais sous un despotisme réel, la révolution a été faite en vingt-
quatre heures ; c'est ainsi qu'elles se font en
Turquie : où le souverain est tout, il est clair
qu'il n'y a qu'une tête à changer. *T. P.* Je n'a-
vais jamais fait cette réflexion : il y a quelque
chose de vrai dans ce que vous dites. *T. M.* C'est
que vous êtes à la mode du jour : vous parlez
beaucoup et ne réfléchissez guères. *T. P.* Bien
obligé. *T. M.* Je vous dis cela par occasion, sans
malice. *T. P.* Oui, vous avez toujours l'air de
n'y pas toucher.

T. M. Avec vos idées, vous avez dû admirer
ces deux établissemens si remarquables dans le
sein du Sénat ; les commissions pour la liberté
de la presse, et pour la liberté individuelle.
T. P. Elles ne faisaient pas grand' chose.
T. M. Vous pouvez dire rien du tout ; cependant il se tenait tous les ans des assemblées
pour le renouvellement d'un des sept membres
des deux commissions : cette opération avait
lieu dans toutes les formes, et comme pour un
remplacement de la plus haute importance : le
procès-verbal en était envoyé à Napoléon, qui
devait bien rire. Toute cette momerie était faite

pour les étrangers, qui ont cru à l'utilité de ces commissions, jusqu'à la chûte du colosse, à laquelle nous devons la découverte de tant d'affreuses vérités : en effet, citerait-on ou un prisonnier élargi par elles, ou un ouvrage retiré des mains de la police? Cependant les occasions ne leur manquaient pas : des bastilles couvraient le sol de la France; des ouvrages sans nombre étaient saisis, prohibés, quoique censurés et autorisés à paraître : mais la police leur faisait subir un dernier examen, où les phrases les plus simples, les plus insignifiantes, devenaient des applications criminelles, et l'auteur ou l'imprimeur en étaient pour leurs frais. *T. P.* Voulez-vous que la police laisse publier des écrits contre le gouvernement? *T. M.* Je veux qu'une fois censuré, l'écrit paraisse et ne puisse être arrêté, sans quoi vous trompez l'auteur : lisez attentivement le manuscrit; lorsqu'il est lu et approuvé, tout est dit : ou plutôt que la presse soit libre, que l'auteur, ou à son défaut l'imprimeur, soit responsable de ce qu'il contiendra de contraire au gouvernement et aux mœurs, ou de calomnieux : je ne connais aucun autre obstacle raisonnable à la publication de quoi que ce soit. *T. P.* Buonaparte ne pouvait accorder cette latitude aux écrivains. *T. M.* Il les craignait donc;

aussi je ne prétendrais établir ce mode qu'aujourd'hui ; un gouvernement fondé sur la justice, ne doit pas être ombrageux. *T. P.* Napoléon, était forcé de l'être. *T. M.* C'est-à-dire qu'il le voulait : la délation, l'espionnage, marchent toujours à la suite des tyrans ; la police de Paris coûtait des sommes énormes, dont, par le plus criant des abus, les jeux de hasard faisaient les frais. *T. P.* Les jeux clandestins ne sont-ils pas plus dangereux que ceux sur lesquels la police a les yeux toujours ouverts ? *T. M.* Oui ; mais il n'en faut d'aucune espèce, et lorsqu'on le veut bien, on les empêche très-facilement ; quelques punitions sévères dans les commencemens, soit pour les banquiers, soit pour les pontes, feraient bientôt disparaître les uns et les autres, quoiqu'il y ait des gens qui prétendent que c'est impossible : en matière de police, rien n'est impossible lorsqu'on réunit le pouvoir et la volonté. *T. P.* Dans le fond, pourquoi joue-t-on ? Les gens sages n'ont pas besoin des défenses ; quant aux autres, s'ils se ruinent, c'est volontairement. *T. M.* Je conviens avec vous qu'on est libre de ne pas jouer ; ce qui ne me paraît pas une raison suffisante pour tolérer les jeux : il n'est pas permis de tendre un piége aux passans, sous le prétexte qu'ils sont les maîtres

de

de passer d'un autre côté. Plusieurs de ces jeux donnent aux banquiers un avantage tellement indécent, que par cette raison seule, ils devraient être prohibés, tels que le biribi et la roulette. *T. P.* J'ai quelquefois risqué quelques écus à la roulette. *T. M.* Avez-vous gagné souvent? *T. P.* Presque jamais. *T. M.* C'est singulier; et savez-vous combien vous donnez au banquier à chaque coup que vous jouez ? *T. P.* Ma foi non ; je n'ai jamais fait ce calcul-là. *T. M.* Et voilà pourquoi il y a tant de dupes. Je ne veux pas vous apprendre quel avantage le banquier a sur les pontes ; tâchez de le calculer *en comptant sur vos doigts ;* car il faut vouloir fermer les yeux à l'évidence. Buonaparte seul a pu imaginer de donner une existence légale à ces établissemens , d'en faire de véritables administrations. C'est au gouvernement actuel qu'il appartient de renverser ce monstrueux édifice ; il sera béni par les pères de famille, par les épouses, par tous les bons citoyens. *T. P.* Que deviendront ces administrateurs , ces employés en chef et subalternes qui n'ont jamais su d'autre métier? *T. M.* Vous me faites là une question réellement trop comique : vraiment, je m'en mets fort peu en peine ; ils deviendront ce qu'ils voudront ou ce qu'ils pourront : s'ils ne savent rien faire, ils laboureront la terre, et contribueront à nourrir les hommes après avoir travaillé à les ruiner.

T. P. Vous direz ce que vous voudrez, le jeu est, ainsi que la loterie, un impôt sur les mauvaises têtes. *T. M.* Ah! vous répétez les phrases de feu Mercier, qui, après avoir écrit fortement contre les loteries, a coopéré à leur rétablissement pour y obtenir un emploi : vous choisissez vos modèles à Charenton. *T. P.* Ce qu'il dit est pourtant vrai. *T. M.* Oui, à la rigueur : cependant l'expérience, qui passe avant tous les raisonnemens, démontre que la loterie est un vrai fléau, qu'elle a causé beaucoup de suicides, ruiné beaucoup de familles, pour procurer chaque année quelques millions au trésor public ; aussi vous avez vu les tirages, qui autrefois se réduisaient à deux par mois, être portés à quinze et jusqu'à trente dans la totalité de l'Empire français ; et voilà comme nous avons réformé la plus grande partie des abus de l'ancien régime. Par exemple, on a blâmé *les chambres ardentes* sous Louis XVI. Comptez-les ; vous compterez ensuite les cours prévôtales établies par Napoléon : c'était encore un abus *corrigé* : je ne tarirais pas sur ce sujet-là. *T. P.* L'intention était bonne ; mais on s'y est mal pris. *T. M.* L'intention de qui? *T. P.* De ceux qui ont fait la révolution. *T. M.* N'entamons pas ce chapitre ; la discussion serait trop longue , et nous ne nous entendrions pas. *T. P.* Pourquoi? *T. M.* Parce que nous différons trop d'opinion ; vous prêtez à ces gens-là de bonnes intentions , et moi je ne leur en ai connu que de criminelles , de subversives de l'ordre établi , des lois existantes , de tout bon gouvernement. Vous voyez que nous ne sommes pas d'accord. *T. P.* Mais pourtant.... *T. M.* Brisons là. Parlons d'autre chose. *T. P.* Enfin , la révolution faite , il a bien fallu prendre un parti ; nous avons essayé de tous les gouvernemens , pour tâcher d'en trouver un qui nous convînt. *T. M.* Après dix ans, vous êtes revenus au même point d'où vous étiez partis , et vous n'avez rien pu faire de mieux. *T. P.* Il est vrai que nos essais ont mal réussi. *T. M.* Il fallait Buonaparte pour faire regretter Robespierre. *T. P.* Ah ! c'est beaucoup dire. *T. M.* Est-ce que vous pouvez admettre la moindre comparaison entre ces deux hommes ? Une femme d'esprit disait en 1808 (et qu'aurait-elle dit en 1814 ?): *Je vous l'avais bien dit, mes amis , que nous finirions par regretter ce bon M. Robespierre.* *T. P.* Ce n'est qu'un bon mot. *T. M.* Quand un bon mot est piquant et juste , c'est bien quelque chose , et celui-là l'est assurément.

T. P. Malgré tous les torts, toutes les fautes de Napoléon , on ne peut nier qu'il n'eût des connaissances en plus d'un genre. *T. M.* En vérité, vous me feriez soupçonner que vous avez été attaché à sa personne ; vos idées sur son compte sont les mêmes que celles de ses courtisans ou de ses valets, comme il les nommait avec raison. *T. P.* Je ne l'ai jamais vu de près ; mais je m'en rapporte à ceux qui l'ont connu. *T. M.* Vous le jugerez mal ; je me rappelle dans le moment une histoire assez plaisante , dont je veux vous régaler. Un courtisan de ce grand homme , qui en recevait un traitement considérable , revêtu d'une charge à la cour , ne tarissait pas sur l'éloge de son maître ; il lui accordait toutes les qualités : c'était non seulement le plus grand des capitaines, des législateurs , des administrateurs, mais le plus aimable des hommes dans sa société intime ; il mettait dans tous ses discours une grâce, une affabilité charmantes ; il était impossible de se défendre d'un sentiment d'amour et de tendresse pour le souverain qui oubliait ainsi sa dignité , et se mettait au niveau de ses humbles serviteurs. Ces pompeux éloges donnèrent envie de connaître quelques-unes de ces phrases si aimables et si touchantes ; le courtisan reprit : *Je ne vous citerai que ce qu'il m'a dit l'autre jour, c'est peu de chose intrinsèquement ; mais il y a mis une telle grâce, une telle expression de bonté, que j'en ai été touché, je dirai même attendri. — Que vous a-t-il dit? — C'est réellement charmant. Qu'il est agréable de servir un pareil maître ! — Qu'a-t-il dit enfin, cet excellent maître ? — Il m'a dit......... Faites-moi servir à dîner.* Connaissez-vous beaucoup de traits plus comiques dans leur bassesse ? *T. P.* L'avez-vous entendu ? *T. M.* Oui ; car je ne le croirais pas. *T. P.* Allons, je conviens que c'est plaisant ; cependant, cela ne détruit pas les connaissances de Napoléon dans beaucoup de choses. *T. M.* Ce qui les détruit, c'est ce qu'il a fait en administration ; nous en avons déjà causé de manière à changer vos idées, si vous étiez capable de vous rendre à la raison. *T. P.* Ne croyez pas m'avoir converti. *T. M.* Je ne m'en flatte pas ; je sais que vous êtes fort entêté dans vos opinions, ce qui ne vaut rien quand elles sont fausses. *T. P.* (*vivement*) Je les crois justes, moi, cela suffit. *T. M.* Ne vous emportez pas, et continuons ; j'aime autant disputer avec vous que lire la Gazette ; j'ai de plus la petite satisfaction de vous donner un peu d'humeur. *T. P.* Je vais bien vous attraper, car je ne me fâcherai plus. *T. M.* Alors, je serai pris pour dupe. Nous n'avons, je crois, point encore parlé de la descente en Angleterre ; c'était là un beau projet : il n'avait qu'un défaut très-léger, celui d'être inexécutable. *T. P.* Vous vous moquez ; difficile, oui ; mais non inexécutable. *T. M.* S'il avait offert la moindre apparence de possibilité, Napoléon l'aurait tenté ; ne connaissant rien d'impossible, ne calculant ni l'argent, ni les hommes, qu'est-ce qui pouvait le retenir, sinon la certitude de ne pas réussir ? *T. P.* S'il fut parvenu à jeter seulement cinquante mille hommes sur les côtes. *T. M.* Vous croyez qu'avec cinquante mille hommes il aurait conquis l'Angleterre. *T. P.* Il aurait trouvé un grand parti pour lui. *T. M.* Vous connaissez bien mal les Anglais : tous les partis divisés entre eux dans les temps de tranquillité, se réuniraient contre l'ennemi commun ; d'ailleurs, cinquante mille hommes n'y seraient pas plus arrivés que deux cent mille. Quelques corps isolés, peut-être quelques milliers d'hommes, auraient échappé au naufrage, et au lieu de périr en mer, se seraient fait anéantir à terre ; voilà toute la différence. Qu'est-il resté de cette belle entreprise, de ce simulacre qui a duré deux ans? Beaucoup de vieux bois à brûler, payé bien cher. Ces milliers de bateaux plats étaient précisément dans le genre des barricades de Paris, pour empêcher l'entrée des armées coalisées ; c'était une superbe idée, n'est-il pas vrai? *T. P.* Je crois bien que les ennemis n'auraient pas été arrêtés long-temps. *T. M.* Je le crois aussi. *T. P.* Soyez sûr que les Anglais ont été furieusement effrayés de ce que vous nommez un simulacre ; jugez-en par leurs préparatifs de défense. *T. M.* Il est certain que, s'ils n'en eussent fait aucun, la descente aurait eu lieu : on prend les précautions que la prudence exige, sans craindre pour cela une attaque à peu près impossible. *T. P.* Elle ne l'était pas, je vous en réponds.

T. M. Allons, nous voici à un article sur lequel je compte que nous serons enfin d'accord. *T. P.* Quel est-il? *T. M.* Le traité de paix. *T. P.* Vous en êtes content, à coup sûr. *T. M.* Je vous le demande ? *T. P.* C'cst que vous êtes content de tout : que vont devenir vingt mille officiers qu'on ne pourra plus employer ? *T. M.* Ce qu'ils voudront. *T. P.* Ils ne connaissent pas d'autre métier. *T. M.* Qu'ils en apprennent. Faut-il que nous nous battions douze ou quinze ans de plus pour ces Messieurs, et encore au bout de ce temps-là, ce serait le même embarras : ainsi, la France devrait être en guerre jusqu'à son entière destruction. *T. P.* Vous cavez au plus fort. *T. M.* Quelle époque fixez-vous pour la fin de cet état violent et contre nature? *T. P.* Je ne sais. *T. M.* Vous êtes donc de mon avis, sans en convenir; et comment n'êtes-vous pas révolté de voir une nation de vingt-cinq millions d'hommes, dont tous les individus au-dessous de quarante ans n'ont aucune idée de ce que c'est que la paix, de cet état de tranquillité qui est assurément l'état naturel de l'homme ? Votre réflexion de l'autre jour me revient en tête. *T. P.* Laquelle? *T. M.* Vos ridicules gémissemens sur ce que votre neveu courait risque de rester capitaine toute sa vie : apprenez, mon ami, si vous ne le savez pas, que sous l'ancien régime beaucoup d'officiers, qui tous valaient au moins votre neveu, se retiraient capitaines après vingt-cinq et trente ans de service, et ne se croyaient pas déshonorés ; mais autrefois on ne faisait pas la guerre dans l'espoir du pillage, et depuis vingt ans on a vu des *pillards* par milliers, soit dans les militaires, soit dans les agens civils, et *ils ne s'en ca-*

chaient pas. Voilà le métier qu'on veut conti-
nuer. *T. P.* On ne sait que vous répondre : cependant cette paix ne me convient pas. *T. M.* Sans
savoir pourquoi. S'il s'agissait d'une jolie femme,
je vous le passerais, parce qu'il ne faut pas disputer des goûts ; mais ici ce n'est pas la même
chose, ce me semble. *T. P.* N'importe, je per-
siste. *T. M.* Ne la trouvez-vous pas assez honorable pour une nation conquise ? *T. P.* Une
nation conquise ! qu'entendez-vous ? *T. M.* J'en-
tends que le 30 mars nous avons été conquis,
subjugués, et vous en êtes convenu vous-même,
que nous étions à la discrétion des rois coalisés,
et que par conséquent ils pouvaient nous impo-
ser la loi. *T. P.* Jusqu'à un certain point.
T. M. Sans aucunes bornes ; et s'ils nous eussent
demandé quatre provinces françaises, il aurait
fallu les donner. *T. P.* Nous en rendons plus
de quatre. *T. M.* Comme un voleur rend ce
qu'il a pris, lorsqu'il n'est pas le plus fort ;
mais on nous laisse tout ce qui nous appartenait, et au-delà. *T. P.* Et les Anglais gardent
Malte, qui les rend maîtres de la Méditerranée.
T. M. Ils ont raison. Si votre héros n'avait pas
fait cette plate et ridicule conquête, sans coup
férir, les Anglais ne l'auraient pas regardée
très-justement comme une propriété française ;

d'ailleurs, ils ont assez fait dans cette lutte générale contre le tyran de l'Europe, pour qu'il soit naturel de les dédommager. *T. P.* Ils ont travaillé pour eux. *T. M.* Cela m'est égal, s'ils ont en même temps travaillé pour moi ; et l'Europe leur aura cette éternelle obligation de l'avoir sauvée, par une énergie et une persévérance au-dessus de tout éloge, de la barbarie où elle retombait avant dix ans. Un état continuel de guerre, entretenu par des efforts surnaturels dans toutes les parties de l'administration, ne pouvait avoir une autre fin. Si le prince régent mourait avant son père, il aurait eu une régence plus belle que beaucoup de longs règnes, et qui occupera dans l'histoire un rang bien honorable.

T. P. Et les nègres ? On permet encore la traite pour cinq ans ; quelle horreur ! *T. M.* Ah ! vous êtes de ces amis des noirs, qu'on a si bien nommés ennemis des blancs. *T. P.* Je suis l'ami des hommes, quelle que soit leur couleur. *T. M.* Et vous regrettez celui qui, depuis quinze ans, les faisait massacrer par milliers ? Voyez comme vous êtes conséquent. *T. P.* Vous sortez de la thèse. *T. M.* Réponse banale, que je prise ce qu'elle vaut. Pour revenir aux nègres, si vous êtes de leurs amis, laissez faire la traite. Les nègres (en surveillant la conduite des maîtres et de leurs agens) sont moins malheureux aux Antillles qu'en Afrique. *T. P.* Vous direz tout ce que vous voudrez : ce traité ne me plaît pas. *T. M.* Je vois ce que c'est : Buonaparte fuyant, retranché au-delà de la Loire, avec 40 ou 50 mille hommes qui eussent été bientôt las de le défendre, aurait sans doute conclu une paix plus honorable. *T. P.* Je ne dis pas cela. *T. M.* Alors ne vous plaignez pas de celle-ci, et surtout n'oubliez jamais à qui vous la devez. *T. P.* Nous la devons aux Rois alliés, puisqu'ils nous l'ont donnée. *T. M.* Et vous croyez ne rien devoir à Louis XVIII, pas même les ménagemens hors de toute probabilité qu'on a eus pour nous, et cette entrée paisible, on peut dire fraternelle, des armées victorieuses, qui n'a jamais eu d'exemple, et qui n'en aura jamais ; car nous ne devons pas perdre de vue que cette coalition universelle, ces levées immenses d'hommes, cet accord admirable entre toutes les puissances de l'Europe, n'ont lieu qu'une fois, je ne dirai pas par siècle, mais par *dix* siècles. Ainsi jouissons de notre bonheur ; profitons des leçons de l'expérience ; qu'elles ne soient perdues ni pour les peuples, ni pour les rois ; vous devez à votre légitime souverain de n'avoir pas été soumis à d'énormes contributions, ni dépouillés des monumens des arts qui embellissent la capitale. *T. P.* A la bonne heure. *T. M.* Voulez-vous savoir quelle proclamation le Roi aurait dû adresser aux Parisiens, c'est-à-dire aux Français, lorsqu'il est rentré dans son royaume ? *T. P.* Voyons.

    T. M. « Français ! voilà vingt-deux ans que
» vous avez expulsé vos Rois légitimes, et voilà
» vingt-deux ans que vous êtes voués à tous
» les genres de malheurs, d'humiliations et
» d'opprobres. Jouets de tous les factieux qui
» ont voulu vous gouverner ; prétendant être
» libres, vous n'avez fait que changer de maîtres
» et de chaînes ; vous avez fini par ramper
» douze ans sous le plus vil, le plus scélérat
» des hommes. Vos campagnes sont désertes,
» vos villes ruinées, vos familles désolées ; tous
» les genres de vexations ont pesé sur vous, et
» cet état de choses n'aurait jamais eu de fin.
» La Nation française, toujours si grande, si
» puissante, si considérée, était devenue la
» dernière des nations. Le Français rougissait
» de ce qui faisait autrefois sa gloire. Tels sont
» les fruits de vingt-deux ans de guerre, de
» crimes et de calamités. Français ! votre Roi
» paraît, tout prend une face nouvelle. Encore
» éloigné de vous, sur cette terre hospitalière,

» chez cette nation si grande, si généreuse, son
» nom seul vous sauve de tous les malheurs qui
» attendent un pays conquis par les armes ;
» pour premier gage de son amour, il vous ap-
» porte cette paix si désirée, si nécessaire, cette
» paix qui va cicatriser toutes vos plaies. Votre
» bonheur a cessé à l'expulsion des Bourbons,
» il revient avec eux ; seuls ils pouvaient vous
» le rendre. Votre Roi légitime a fait en quel-
» ques jours ce que l'usurpateur n'aurait pas
» fait en cinquante ans , si la colère divine
» avait permis qu'il continuât aussi long-temps
» d'être le fléau du monde. » Ne pensez-vous
pas que le Roi était en droit de faire cette proclamation , et de nous dire que s'il avait besoin
de nous, nous avions aussi besoin de lui, vérité
dont on n'est pas assez universellement pénétré ?
Car vous en voyez encore qui professent des opinions aussi indécentes qu'injustes, et qui se per-
suadent follement qu'ils peuvent être à craindre , oubliant qu'*il n'y a à craindre que ceux
que l'on craint* , et qu'un Roi chéri et res-
pecté ne peut craindre personne ; qu'il devrait
peut-être même le prouver quelquefois. *T. P.* Le
Roi n'a pas perdu non plus à ce changement.
T. M. J'en conviens ; cependant il pouvait, sans
honte , rester toute sa vie comme il était, au

lieu que la France marchait à grands pas vers sa ruine totale, s'enfonçait chaque jour de plus en plus dans le gouffre d'où les Bourbons l'ont tirée. Oui, je le répète, la France pouvait encore moins se passer de son Roi, que son Roi ne pouvait se passer d'elle; situation sans exemple, qui seule démontre l'état de malheur et d'abjection où elle était plongée.

T. P. Et l'Isle-de-France qu'on nous enlève. *T. M.* En effet, je crois qu'on l'aurait rendue à Napoléon. *T. P.* Vous êtes toujours avec vos comparaisons. *T. M.* Il le faut bien; si la paix ne vous plaît pas, ce ne peut être que parce qu'un autre l'aurait faite plus honorable. Cependant, en 1763, nous n'étions ni conquis ni subjugués, les armées ennemies n'étaient pas en France, au milieu de la capitale; comparez les deux traités : ayez la bonne foi d'être de mon avis tout haut, comme vous en êtes intérieurement. *T. P.* Ah! je ne me consolerai jamais de voir les Français subjugués; quelle honte! *T. M.* Il n'y a point de honte à l'être par des troupes nombreuses et aguerries, électrisées de plus par la présence de leurs Souverains, au lieu qu'il y en a beaucoup à l'être, et pendant des années, par un seul homme, à n'avoir plus ni volonté ni patrie, à se laisser enlever sans résistance son dernier enfant et son dernier écu. Après avoir joué si long-temps le plus vil de tous les rôles, vous avez bonne grâce à rougir d'avoir cédé aux efforts réunis de l'Europe entière. *T. P.* N'importe, il fallait se mieux défendre. *T. M.* Notre plus grand malheur eût été de vaincre, puisque nous aurions gardé le tyran, et que réellement on ne se battait que pour lui : quel aveuglement ! quel délire ! *T. P.* On se battait pour la gloire de la Nation. *T. M.* Vous êtes comme ceux qui, ne pouvant anéantir leurs basses flagorneries, cherchent à les excuser aux yeux des bonnes gens, en disant aujourd'hui *qu'ils ont chanté cet homme extraordinaire, pour célébrer la gloire française*, et qui ajoutent QU'ILS NE S'EN REPENTENT PAS, ce qui ne démontre pas clairement qu'ils ne dussent pas s'en repentir ; ils ont confondu sciemment deux choses bien distinctes : le tyran et les victimes. C'est *au moins* un défaut de tact impardonnable. Mon cher, moins de gloire et plus de bonheur : voilà ce qu'il faut à vingt-cinq millions d'hommes. *T. P.* Vous êtes un égoïste. *T. M.* Oui, et tous les Français raisonnables le sont comme moi, parce qu'ils ne peuvent pas être autre chose. Après quinze ans d'un règne tyrannique, on n'a plus de patrie, on ne songe qu'à soi. Un négociant me disait l'autre jour qu'il préférait une paix honteuse faite aujourd'hui, à la plus glo‑ rieuse faite dans six mois. *T. P.* Ces gens-là ne connaissent que l'argent. *T. M.* Si vous étiez négociant, vous penseriez de même : la paix est un bienfait qui ne peut jamais arriver trop tôt. La mer est libre : voilà tout ; quant aux articles du traité, ils seront ce qu'on voudra.

T. P. Les Anglais avaient autant besoin que nous de la paix. *T. M.* Autant, c'est beaucoup dire. *T. P.* Si les puissances qui avaient promis de fermer leurs ports n'avaient pas trahi Buonaparte... *T. M.* Ah! vous êtes de ceux qui croyaient à la possibilité de cette mesure ? *T. P.* Certainement. *T. M.* Alors nous ne pouvons pas causer ensemble, la partie n'est plus égale. *T. P.* Pourquoi ? *T. M.* Parce que vous rêvez. *T. P.* Quoi ! ce n'était pas une grande idée de l'Empereur ? *T. M.* Grande, oui, comme celle des trois bans, qu'un président du sénat n'a pas eu honte de proclamer la plus belle, la plus étonnante que pût mettre au jour un souverain ; et cette grande idée se réduisait à avoir divisé la vie des hommes en trois classes, pour les faire tuer chacune à son tour. *T. P.* Que vous dirai-je ? ces sénateurs étaient obligés de tout approuver, de tout louer. *T. M.* Vous faites

d'un

d'un mot, et mieux que je ne le ferais moi-même, la plus sanglante satire du gouvernement de Napoléon. Un état dont le premier corps est forcé de tout louer, de tout approuver, sans examen, sans réflexions, est par-là même parvenu au dernier degré d'avilissement et de bassesse. — *T. P.* Vous n'êtes donc pas d'avis que le Souverain soit le maître? *T. M.* Au contraire, je veux qu'il soit absolu; je n'aurais voulu ni chambres, ni corps délibérans, ni d'entraves d'aucune espèce. *T. P.* Vous voyez que le Roi en a voulu. *T. M.* A la bonne heure, je souhaite qu'il ne s'en repente jamais. *T. P.* Vous deviez donc aimer le gouvernement de Buonaparte. *T. P.* Si j'aime la puissance suprême dans les mains de mon Roi, je n'aime pas qu'il en abuse : c'est autre chose. *T. P.* Lorsqu'il sera tout puissant, qui pourra l'empêcher d'en abuser? — *T. M.* Sa puissance elle-même. Les Rois de Danemarck sont, depuis cent cinquante ans, monarques absolus, au-dessus de toutes les lois; aucun encore n'a fait repentir son peuple de leur avoir conféré cet effrayant pouvoir. Le Prince qui a tout ce qu'il peut avoir, n'est pas tenté d'obtenir davantage. Dans la longue série de nos Rois, depuis huit cents ans, combien avons-nous eu de tyrans? Un, et ce tyran ne frappait qu'autour de lui : Napoléon frappait jusqu'aux chaumières ; l'éloignement, l'obscurité, la misère, rien ne mettait à couvert de ses atrocités ; rapportons-nous en donc à l'expérience, le premier des maîtres. *T. P.* Vous voudriez par conséquent un Roi despote. *T. M.* Je voudrais un Roi comme tous ceux que nous avons eus. Nous rappelons Louis XVIII ; qu'il remplace donc tout à fait Louis XVI : heureux sous son règne, pourquoi ne le serions-nous pas aujourd'hui ? il faut vingt siècles pour produire un Napoléon ; courons-en les risques ; il n'en faut qu'un pour voir passer dix constitutions. *T. P.* Ne dit-on pas que la maison du Roi sera de trente mille hommes ? *T. M.* On ne le dit pas, et quand on le dirait, qu'est-ce que cela vous fait ? *T. P.* C'est beaucoup trop. Quelle dépense! *T. M.* Vous consentez que le Roi ait une armée? *T. P.* Sans doute. *T. M.* Eh bien! une partie servira auprès de sa personne. Si Louis XVI, au lieu de réformer sa maison par un esprit d'économie mal entendu, l'avait doublée ou seulement conservée, il n'y aurait pas eu de révolution. *T. P.* M. de Saint-Germain avait de bonnes intentions. *T. M.* Je veux le croire ; mais le Roi avait deux raisons sans réplique pour ne l'employer jamais : 1°. Il avait quitté le service de France en pleine guerre, et renvoyé son cordon rouge , procédé qu'un souverain peut pardonner , mais non oublier; 2°. il avait été ministre de la guerre en Danemarck, dont il avait entièrement renversé, dénaturé la constitution militaire; en un mot , il n'y avait fait que des sottises : voilà l'homme que Louis XVI a cru devoir choisir sur mille. Quelle faute , et combien elle lui a coûté ! — *T. P.* Est-ce que la maison du Roi aurait contenu Paris? *T. M.* Les seules compagnies rouges, ne montant pas à mille hommes , auraient fait trembler tous les Parisiens qu'on aurait pu craindre. *T. P.* Vous avez une haute idée de ces compagnies. *T. M.* C'est vrai , et une toute opposée de la plus grande partie de vos compatriotes, car je vous crois de Paris. *T. P.* Oui , de l'île Saint-Louis. *T. M.* On le voit bien, vous êtes reculé de cinquante ans. *T. P.* Plaisantez, plaisantez. *T. M.* Depuis que nous causons ensemble, vous devez voir que je parle quelquefois sérieusement.

T. P. Enfin, quoi que vous en disiez , nous avons une constitution. *T. M.* Hélas! cette manie est commune, je le sais, à tous les peuples, lorsqu'ils entrevoient une sorte d'apparence de limiter l'autorité de leur Souverain, bien entendu pour en garder une partie. Politiques novices et aveugles, ils préparent pour l'avenir de nouveaux déchiremens et de nouvelles secousses. *T. P.* Où avez-vous vu cela ? c'est au contraire pour qu'il n'y en ait plus. *T. M.* Merveilleux moyen! n'avez-vous pas vu l'effet qu'ont produit toutes nos constitutions depuis vingt-cinq ans ? Ne devrions-nous pas être guéris de cette manie ? *T. P.* Celle-ci ne ressemble pas aux autres; elle protége les divers partis; ils se réuniront sous son égide, et tout ira bien. *T. M.* Je le souhaite. *T. P.* Vous qui aimez la noblesse, qui prétendez qu'un grand Etat monarchique ne saurait s'en passer; vous devez être satisfait: au lieu d'une, vous en avez deux. *T. M.* Ici, vous êtes moins difficile et plus clairvoyant que moi : où vous voyez deux noblesses, je n'en vois pas du tout. *T. P.* Ah! ah! *T. M.* Non, mon cher : revenons aux principes que vous négligez beaucoup trop : un pays dont la constitution y établit deux chambres permanentes, dans lequel les nobles, ou prétendus tels, ne jouissent d'aucun privilége, d'aucune distinction honorifique, ce pays n'a pas de noblesse. *T. P.* C'est-à-dire qu'il vous faudrait les droits féodaux. *T. M.* Si je parlais hébreu, je vous pardonnerais de ne pas m'entendre; mais comme je parle français, vous êtes inexcusable : des priviléges, des distinctions honorifiques ne sont pas des droits féodaux ; et si on peut se passer de ceux-ci, je soutiens qu'il est impossible de se passer de ceux-là ; ou bien la noblesse n'existera que de nom, et c'est le cas où nous sommes. *T. P.* Les nouveaux nobles ne pensent pas comme vous ; ils se croyent bien maintenus et sont fort contens. *T. M.* Franchement ils auraient tort de se montrer difficiles : n'étant rien auparavant, ils sont assurés de ne pas descendre : les titres de comtes et de barons chatouillent si agréablement l'oreille des gens qui ne s'attendaient jamais à les porter, que cette douce satisfaction est bien naturelle chez eux : ce qui ne démontre pas que les anciens nobles doivent y être également sensibles. *T. P.* Vos anciens nobles n'ont pas été fâchés non plus du retour à un autre ordre de choses : avez-vous vu les croix de Saint-Louis et de Malte reparaître dès le 31 mars ? *T. M.* C'était tout simple : on proclamait Louis XVIII, on arborait la cocarde blanche ; on devait reprendre les ordres anciens. *T. P.* Et cette cocarde, tous les Parisiens ne l'ont pas prise au moins dès le premier jour. *T. M.* Prétendez-vous faire leur éloge ? Vous pourriez même ajouter qu'un grand seigneur *d'autrefois,* officier supérieur dans la garde nationale, en a

E 3

fait arracher plusieurs : ce qui ne l'a pas empêché de se mettre en avant peu de jours après,
comme franc royaliste, et d'être nommé pair de
France. *T. P.* Je sais cela, et je ne l'approuve
pas. *T. M.* Vous êtes raisonnable une fois.
T. P. Si les chevaliers de Saint-Louis ont cru
pouvoir reprendre leur croix, il n'en est pas de
même de ceux de Malte, d'un ordre qui n'a
plus de chef-lieu, plus de revenu, qui, en un
mot, n'existe plus, au moins pour le moment,
et jamais on n'a autant rencontré de ces chevaliers. *T. M.* Il y en a une bonne raison : ceux
qui ont voulu prendre cette croix l'ont prise :
l'un parce qu'il avait un frère dans l'ordre,
l'autre parce qu'il avait eu le projet de se faire
recevoir, et le plus grand nombre parce que
cela leur a plu. *T. P.* Ce sont là de belles raisons! *T. M.* Je pense comme vous : aussi j'es-
père que si l'ordre se rétablit, on fera des en-
quêtes pour constater les titres de ces nouveaux
chevaliers, dont les trois quarts n'oseront pas
s'y exposer, parce qu'il est moins fâcheux de
ne pas porter un ordre que d'être forcé de le
quitter.

    T. P. Je n'approuve pas tout à fait la com-
position de la chambre des pairs ; il me semble
qu'il s'y trouve quelques noms qui ne devraient

pas y être. *T. M.* Point du tout; vous avez sans doute en vue des ci-devant sénateurs? Eh bien! quel est celui d'entre eux qui n'a pas mérité cette honorable distinction? N'ont-ils pas bien servi l'Etat? En a-t-on vu un seul s'opposer aux plans du Gouvernement? N'ont-ils pas sanctionné tout ce qu'on leur a présenté? *T. P.* Je ne sais pourquoi vous leur faites un mérite de cette aveugle soumission. *T. M.* C'est que je me moque de vous. *T. P.* Ah! c'est différent. *T. M.* Comment pouvez-vous ne trouver dans la liste des pairs que *quelques* noms déplacés? Il n'y a pas dix sénateurs qui dussent s'attendre à figurer dans cette chambre : les autres n'ont qu'à bénir l'indulgence, l'excessive bonté de Louis XVIII, qui a cru devoir tenir des engagemens pris par Buonaparte; pendant qu'il pouvait, et sans le moindre scrupule, rendre à eux-mêmes et oublier tout à fait des hommes qui n'avaient jamais agi que contre lui; car il ne faut pas perdre de vue les principes; *pardonner* n'est pas *récompenser. T. P.* Que pouvaient-ils faire avec Napoléon? *T. M.* Ce qu'ils ont fait : mais est-ce un titre auprès du roi? Qu'en dites-vous? *T. P.* Il leur a su gré de leur conduite lors de l'entrée des alliés, d'avoir prononcé la déchéance de

Buonaparte , d'avoir rappelé les Bourbons. *T. M.* Est-ce que la déchéance n'était pas prononcée par le fait ? Cinquante mille hommes envoyés à Fontainebleau, n'auraient-ils pas anéanti et Napoléon et ses débris d'armée ? C'est peut-être ce qu'il fallait faire : quant au rappel des Bourbons, les souverains alliés avaient-ils besoin de l'assentiment du sénat ? Allez , mon ami, ne mettez rien sur le compte de la justice ni de la reconnaissance dans la conduite du roi envers le sénat; attribuez tout cela à la clémence, à la bonté. *T. P.* Soit; c'est la même chose pour ces nouveaux pairs. *T. M.* J'en conviens ; seulement ils sont tenus à un peu plus de reconnaissance. *T. P.* Ils en auront. *T. M.* Ma foi, je n'en sais rien ; on attribue souvent à la crainte ce qui est l'effet de l'indulgence, et on se croit dispensé des remercîmens. *T. P.* Vous pensez bien peu favorablement des hommes. *T. M.* C'est parce que je les connais.

T. P. Et la chambre des députés, qu'en dites-vous ? *T. M.* Je dis qu'il n'y aura pas de presse pour les futurs renouvellemens. Nos législateurs savaient bien qu'ils ne feraient pas de lois, qu'on les leur donnerait toutes faites, et qu'ils les approuveraient sans discussion ; mais 10,000 francs sont bons à prendre, et ce revenu pendant cinq ans déterminait leur vocation. Par la suite, si, comme on le dit, ils font la guerre à leurs dépens, soyez assuré qu'on ne se battra pas pour arriver à cette chambre. *T. P.* Il sera toujours flatteur de représenter la nation. *T. M.* Non, s'il faut la représenter *gratis*. *T. P.* Vous supposez tous les hommes bien intéressés. *T. P.* Selon vous, ils ne le sont pas apparemment. *T. P.* Non, au point de ne pas vouloir servir son pays pour rien. *T. M.* Vous m'en direz des nouvelles dans quelque temps, si toutefois ils ne trouvent pas moyen, malgré la pénurie des finances et l'intention du roi, de perpétuer leur traitement ; au moins, soyez certain que ces excellens Français, que ces vrais citoyens n'y oublieront rien, le tout par amour de la patrie. Au reste, de quelque manière que soit composée cette chambre de députés, vous y verrez, comme dans toutes nos assemblées, beaucoup de parleurs et peu de penseurs ; il s'y trouvera toujours quelques ergoteurs, de ces hommes que tout offusque, dont l'unique occupation est de se faire remarquer, en blâmant l'autorité, pour avoir l'air de prendre les intérêts du peuple, auxquels ils ne songent pas. Nous avons vu de fréquens exemples de cet abus, notamment dans le tribunat, dont le

Gouvernement se vit forcé d'expulser plusieurs membres, qui passaient leur vie à *clabauder* en pure perte, et pour le seul plaisir de faire parler d'eux. *T. P.* Aujourd'hui, il n'en sera pas ainsi, parce que tout le monde sera sincèrement attaché au souverain. *T. M.* Oui, ce qui ne les empêchera pas de le contrecarrer de toutes les manières, d'empiéter sur ses droits, en ayant l'air de craindre qu'il n'empiète sur les leurs ; enfin, de se croire chacun séparément fort au-dessus de lui, et de ne s'en pas cacher. De plus, la chose tient au caractère national, qui ne changera pas ; ce mode des deux chambres ne nous convient nullement. On veut balancer le pouvoir du roi ; ce projet est une chimère ; deux pouvoirs égaux ne sauraient exister dans un Etat : ou le roi écrasera les chambres, ou il en sera écrasé. Vous avez vu toutes les luttes finir ainsi depuis vingt-cinq ans : les assemblées législatives ont renversé le trône, le directoire a renversé les conseils ; cela ne pouvait finir autrement : l'expérience devrait nous éclairer. *T. P.* Voyez l'Angleterre. *T. M.* Je ne crois pas que nous devions prendre l'Angle-terre pour modèle en tout. Ce qui convient à un peuple ne convient pas toujours à un autre, sur-tout quand ces deux peuples diffèrent entre eux de caractère et d'habitudes. D'ailleurs, le parlement balance-t-il réellement l'autorité du roi ? Celui-ci n'est-il pas toujours le maître ? C'est une nouvelle preuve à l'appui de mon systême. L'argent ou les baïonnettes; un souverain a toujours l'un de ces deux moyens à sa disposition, souvent tous les deux. Mais une plus longue discussion sur cet objet important me mènerait trop loin, et vous ne m'entendriez pas. *T. P.* Bien obligé du compliment. *T. M.* Je le dis sans vouloir vous fâcher : ce n'est pas là votre genre; chacun a le sien : depuis que nous causons ensemble, j'ai eu le temps de m'en convaincre.

T. P. Décidément, vous ne voudriez pas de chambre des députés ; eh bien ! j'aime moi que la nation soit comptée pour quelque chose , qu'elle ait ses repré*** *T. M.* Il est vrai que depuis vingt-cinq ans, les nôtres en ont fait de si belles : maîtres d'agir , ils ont commis ou laissé commettre tous les crimes; privés de pouvoir, ils ont trouvé le secret de se déshonorer par leur bassesse et leur obéissance servile; une seule fois ils ont essayé de résister , on les a chassés : ils auraient dû le faire bien des années plutôt. *T. P.* A quoi cela aurait-il servi ? *T. M.* A rapprocher l'époque de la chûte du colosse; tous finiront ainsi lorsqu'ils outrepasseront certaines bornes ; Napoléon les avait toutes franchies ; un tyran ne saurait en faire trop, parce que chaque pas le pousse vers l'abîme. Moi, qui vous parle, je me suis réjoui de voir douze à quinze cent mille hommes levés en deux ans : j'aurais voulu qu'on en eût levé le double, parce qu'il fallait une fin, et que les mesures atroces sont ce qui l'amène le plus sûrement. *T. P.* Si pourtant il n'eût pas signé son abdication, on eût été fort embarrassé. *T. M.* Vous plaisantez ; est-ce qu'on en avait besoin ? Il était déchu du trône, et c'est même une contradiction de la lui avoir demandée. *T. P.* Vous avez beau dire, il était empereur, reconnu par tous les souverains. *T. M.* Hors le roi d'Angleterre. *T. P.* Soit : il fallait donc qu'il abdiquât. *T. M.* Rien n'était moins nécessaire ; mais quelques écrivains qui jouent la générosité, la grandeur d'ame, s'appuyent sur ce que les souverains ont reconnu Napoléon, ont traité avec lui d'égal à égal, pour décider qu'il ne faut point écrire contre lui, ne point le traiter d'aventurier et de charlatan, quoiqu'il fût l'un et l'autre ; que l'attaquer aujourd'hui qu'il est à terre, c'est manquer d'égards pour tous les rois de l'Europe. J'ai le malheur de trouver ce raisonnement on ne peut pas moins concluant.

T. P. Cependant je suis de cet avis *T. M.* Mon ami, s'il pouvait me rester quelques doutes sur la justesse de mon opinion, vous les lèveriez par cet aveu. *T. P.* Vous n'êtes pas complimenteur. *T. M.* Je ne suis que véridique.

T. P. Pour conclure, je vois que vous n'accordez aucune qualité à Buonaparte. *T. M.* Aucune absolument : ses succès militaires, qui sont sa seule partie brillante, ont été achetés *à coups d'hommes*, et je crois fermement que Mandrin eût été meilleur général que lui. *T. P.* Oh! c'est un peu fort. *T. M.* Je ne m'en dédis pas: Mandrin, avec deux armées de quatre à cinq cent mille hommes chacune, et deux mille pièces de canon, eût fait beaucoup plus que lui, qui est revenu deux fois sans armée, et dont les retraites ont toujours été des déroutes. *T. P.* Au moins, vous lui accordez la bravoure personnelle. *T. M.* Non : d'abord, parce que dans dix occasions périlleuses (sans parler de Saint-Cloud), il a complètement perdu la tête et a dû son salut à ses généraux ; ensuite, parce que celui qui, tombé du faîte des grandeurs, accablé d'humiliations et d'outrages, ne se tue pas, est le plus lâche des hommes.

T. P. Le vrai courage consiste à supporter les maux de la vie. *T. M.* Lorsque la religion, qui seule peut empêcher de se détruire, l'individu déshonoré, couvert de crimes et d'opprobre, n'arrête pas son bras, il joint la lâcheté à tous ses autres vices : les plus chauds partisans de Buonaparte ne cherchent même pas à excuser en lui cet amour de la vie, qui achève le tableau du plus vil, du plus scélérat et du plus abominable des hommes. *T. P.* En voilà assez : je vois que nous ne serons jamais d'accord. *T. M.* Je le vois aussi, et je vous plains ; mais je veux, avant de nous séparer, vous donner une preuve de l'intérêt que je prends à vous ; écoutez et profitez :

Jamais ambitieux n'a été aussi bien servi par les circonstances que Napoléon : supposez-le paraissant sur la scène du monde vingt ans plutôt, trouvant les trônes occupés par Catherine, le grand Frédéric, Joseph II et Gustave III ; son règne et ses folies, au lieu de durer treize ans, n'auraient pas duré treize mois.

Napoléon n'a rien de vraiment grand : ses idées, ordinairement rétrécies, *mesquines*, sont quelquefois exagérées, colossales, gigantesques, mais jamais grandes : des sots ou de vils flatteurs ont pu seuls lui décerner le titre de *grand*, qu'il méritait aussi peu que la nation celui de *grande*, lorsqu'elle rampait à ses pieds. Il a, dit-on , fait des choses extraordinaires : un fou qui dispose à sa volonté de la vie et de la fortune de tous les habitans d'un pays immense, riche et peuplé, doit en faire nécessairement. Si Napoléon, exalté par le souvenir des pyramides, avait imaginé d'en construire une au milieu des Champs-Elysées, donnerait-on à cet ouvrage l'épithète de grand, pour exprimer autre chose que ses dimensions?

Il est inutile de retracer encore les crimes de Napoléon ; ils sont horribles et innombrables. Si vous avez reçu quelque chose de lui, il vous est interdit d'en dire du mal : jamais il n'est permis de médire de l'homme, *quel qu'il soit*, dont on a accepté les bienfaits. Vous ne devez pas en dire du bien, parce que vous ne pouvez en penser, et que l'honnête homme ne parle jamais, *et par quelque motif que ce puisse être*, contre sa pensée : vous ne direz donc rien. Persuadez-vous bien que celui qui plaint, loue, ou regrette hautement un tel monstre, renonce à la qualité d'honnête homme, appelle sur lui le mépris universel, se place, en un mot, hors de la société. Adieu, mon camarade : *Dixi.*

FIN.

9 782019 257422